花妍／著

為什麼?!明明我就在你身邊 你卻不知道我喜歡你

1

對於分手的定義，我實在無法探究其中意義，是要跟前女友分手得徹徹底底，毫無瓜葛，還是說可以繼續當朋友，曖昧不清？我不清楚，也懶得搞清楚。

畜生凱子曾對我說過：「女人就像在選冰淇淋口味，任君挑選，不滿意即可丟到地上任狗舔，滿意就把她吃個乾乾淨淨，還可以回味一下嘴裡的味道。」不過他這種喪盡天良的說法我實在不怎麼認同，因為要是被女孩子聽到，他就算有十條命都不夠活。

「凱子，你馬子是怎麼忍受你這種變態心理？」我曾經問他這句話。

「這你就不懂了，這是姿勢問題。」他一邊看黃色雜誌一邊說著。

我覺得任何問題問他都比問一個智障還不如，所以只要看到他女朋友，我都一直很問她到底跟凱子在一起哪裡幸福？但我一直問不出口，因為凱子無時無刻跟在她身旁，連上個廁所都要一起摟腰進去，真是夠了。

但今天，分手的定義即將發生在我身上，即使我尚未懂。

爲什麼明明
我就在你身邊，
你卻不知道
我喜歡你？

「你說啊！為什麼你房間會有廖郁芬的照片？還跟她那麼親密！」欣惠拿著我前女友的照片，怒斥著。

「妳在白痴什麼？她是我前女友咩！」我不耐地回著。

這女人實在很嘮叨，這個也管、那個也管，活像是我老媽，當初要不是她求我跟她交往，還會幫忙打掃我家，我才鳥都不鳥她！現在竟然爬到我頭上來，平時我對她還算客氣，男友的義務也做到了，她還在不滿什麼？我只不過想把照片留作收藏也不行嗎？

「那你當著我的面把照片燒掉啊！」

「我想留著不行嗎？」我斜眼睨著她。真的很煩耶！

「我是你女朋友耶！你竟然還留著前女友的照片，這表示你還喜歡她呀！你這樣對得起我嗎？我只不過叫你燒掉而已，你幹嘛發那麼大的脾氣？」她將照片丟向我的臉，又再度怒吼。

這女人，老虎不發威，妳當我病貓啊？

「妳現在學會往男人頭上爬了是吧？我不說話，任妳罵，妳知不知道羞恥兩個字怎麼寫？現在是誰在無理取鬧？是妳啊！」我火氣也漸漸上來了。

「那分手啊！」

「相當樂意。」我豎著眉冷笑。

這就是所謂的分手啊！我倒是樂得清靜，再也不用受驕縱小姐的脾氣。剛交往時還很溫順聽話，幾個禮拜後就變了，真是莫名其妙！

每天下課都跑來我這，吵著說要聊天，害我每次都被那群死黨畜生取笑。雖然欣惠長得算是漂亮，家世富裕，但思考模式實在幼稚，還要每天說愛她、喜歡她，真的有夠煩耶！既然那麼喜歡聽那些話，還不如去牛郎店找男人還要來得快！

喜歡一個人，與其聽著那虛幻的言語，何不起而行？

一開始我還會輕輕哄著她，說著她喜歡聽的話，久而久之，漸漸感到厭煩。一味的給著美麗的承諾，一味依順著她，已經變成不耐煩與無奈的心情，不管我再怎麼努力改變心態，依舊無法忍受下去。

霸主曾取笑我幹嘛那麼怕她，直接跟她分手不就好了。我回答，因為她每天一臉期待等著我，難以啟齒。沒想到最後還是發生了，但卻是她自己提出的。

我很難過嗎？

不，我很快樂，快樂到想去街上裸奔。

不過這當然是誇飾的說法，老實說內心有種鬆了一口氣的感覺。

爲什麼明明
我就在你身邊，
你卻不知道
我喜歡你？

「阿徹，我……我說笑的啦。別這樣，是我不對。」她忽然低下聲求我，眼神透露出懇求。

哇哩，這女人真行！想分手就隨便說出口，想回頭就隨興的回頭，那我的自尊要擺去哪？先在我頭上狠狠踩一頓，再對我說聲她感到很抱歉，那她還不如先將我亂刀砍死，再去我墳前上香懺悔說她不是故意的。

「我認識妳嗎？出去。」我冷著臉，背對著她低沉說。

其實，說這話時還真怕她拿把刀往我背後捅。

突然有個暖香玉體抱著我，我不知該為男人的幸福說爽，還是該推開身後的人說滾。

「阿徹，不要……不要分手好嗎？」她的身子微微顫抖。

心情感覺很複雜，她這麼低聲下氣求我，我不領情，兇手似乎變成是我。回憶起與她在一起的時光，雖然有抱怨，但也有過快樂，我該做得這樣絕情嗎？

猶豫半晌，我輕歎一口氣，低著頭說：「對不起。」

時間瞬間凍結，只清晰地聽見鬧鐘的指針規律性地移動，她不說話，我也無言以對。

我依舊執著於自己的抉擇，不是我不在乎她的感受，而是我對她的感情，一開始就是個不應該。是我的自私將她鎖藏，或許是我的性格無法接受像她這樣類型的女孩，說不定我們兩個人根本不適合，現在提出分手，正好對雙方都是最好的。

依稀感覺到背後的衣服被染濕了，我的頭更低了。任淚水流進我的心裡，坎在我心內，對這女孩，我只能說聲抱歉，我不能給她幸福。

「我知道我很過分，但我就是太喜歡你了，即使一開始就知道你的心意。」她哽咽地說著。

我不回答，只是靜靜聽她說。

「和我交往，你給了我我需要的。給我關心、溫暖，即使你根本不喜歡我……」她停了一下，又繼續說：「每個人都說我很驕傲自大，有錢就很了不起。我……我也不希望自己變這樣，但不這樣，你就會被別的女孩搶走……」

我想回抱她，給她溫暖，想懺悔我方才的惡毒言語。但我的心，卻步了。

「既然你想自由，好……我給你自由，答應我，你會幸福。」她將我反轉身，那堅定的眼神不再是以前的她。

「我會的。」

2

「哇靠！分手了唷？」凱子翹著二郎腿，看著清涼寫真集說道，但眼睛還是盯著雜誌。

「靠！你這是問人的態度唷？」我使出空中迴旋踢，將他踢下椅。

「沒法度，畢竟雜誌內容比你可口多了。」他起身把椅子移正，坐下又繼續看。

「畜生！」

「多謝誇獎，女人在床上都說我在床上像隻猛獸，好威風。」他得意一笑。

跟凱子講不到三句話就會想去廚房拿菜刀砍人，而且跟這傢伙相處三年了，我沒暴斃就算是老天爺對我有保佑。幸好霸主比他好一點，不會成天看黃色雜誌，只會偶爾看看無碼光碟片，抒發一下慾望。

「你前馬子不是很多金嗎？怎捨得分手啊？」霸主坐在床上望著我問。

「說得一副我像野獸的樣子。我若靠她養，那你乾脆叫我跳樓自殺算了。」我將凱子珍藏的寫真集藏到書包裡面，明天上課拿出來看看打發時間。

「請。」他們兩個白目不知何時早已站在窗口，畢恭畢敬地伸出手作勢要我跳下。

這兩人都是畜生中的畜生！朋友是這樣當的唷！

「靠！是不是朋友啊？」我忿忿吼著。

他們兩個低著頭，沉思著。

「這種事還要想唷！」

「好啦。欸！這是霸主寫的，評鑑評鑑。」凱子將一封信丟給我。

我將信拆開，哇靠，還有香水味咧，這傢伙該不會……我趕緊將內容快速閱覽過。

噗，果然我想的沒錯，是情書。

「給誰？」

「資處科的系花，柯佳綺。」霸主紅著臉說。

「你追誰我沒意見，怎麼可以追她啊！」我歎了口氣。

他瞪大雙眼：「難不成你喜歡她？」

「不是，你明明不可能追到，還硬要追，給自己難堪嘛！省省力氣唄！」

那天晚上，我的全身骨頭嚴重骨折，久久不能移動。

3

今天是換社團的日子，三名畜生，不，是一名帥哥加兩名畜生，正興高采烈討論要加入哪個社團。

「絕對不能選熱舞社！」凱子聲明說。

「喔？有啥事件？」我問。

「上學期我以為加入熱舞社可以看妹看很爽，結果那指導老師不知怎搞的，超愛男女一起跳性感舞。」他忿忿說道。

「咦？那不是很爽嗎？」霸主提出疑問。

「我一開始也是覺得很爽啊！但是看到我的舞伴時，我的心都碎了。」凱子眼神已成空洞，「我的舞伴是男生，而且還是個死娘娘腔。」

我和霸主不忍看他如此悲痛，感慨地拍拍他的肩：「兄弟，堅強點。」

「他跟我跳，身體一直貼近我，我叫他不要靠過來，他說跳舞就是要靠很近，這還不打緊，他竟然一直拋媚眼給我，手還亂來！」

凱子最後越說越激動，我立即從書包裡取出凱子珍藏的寫真集塞到他的懷裡，他翻一翻，才又平復心情，對我們露出天真的笑容。

唉，可憐的凱子，上學期一定受到不少性騷擾，看他一副精神崩潰，我和霸主決定大發慈悲跟他進入同樣社團。

「我們討論那麼久，到底該加入哪個社團？」我提出問題。

「不要運動性社團，那會被操死。」霸主發言。

「要選輕鬆又可以到處亂晃的社團。」凱子因為看了寫真集，現在臉上洋溢著幸福。

「那……」我翻了翻社團簡章，發現一行閃閃發光的字，「期刊社如何？」

「那是三小？」霸主嫌惡地撇撇嘴。

「靠，該不會是要寫文章的吧？」凱子臉上的光芒已黯淡下來。

「別忘了，這就所謂的既不會被操死，又可以到處亂晃的社團耶！」

他們兩個思忖一會兒，霸主面色凝重地說：「只能用一種方式解決了。」

「是啊，開始吧。」凱子點點頭。

解決？開始？搞啥？我困惑地瞅著他們。

「剪刀、石頭、布！」霸主出石頭，凱子出剪刀。

搞什麼鬼。

「欸！加入吧！」霸主拍拍我的肩。

我反轉身，用雙臂圈住他們的脖子，用力一勒！他們兩個都吐出舌頭，眼皮外翻，我惡狠狠地說：「你們什麼時候變得那麼有默契？說！」

「在……在……你和……你馬子在一起的……時……時候……呃……」霸主喘著氣說。

「竟然不讓我知道。」我邪魅地說著，邊笑邊點頭：「Ok！Boys。」

「為了懲罰你們，凱子，回家馬上把你全部的寫真集交出來。霸主，你的光碟片也統統交出來，聽到了沒？」

他們漲紅著臉，拚命地點頭後，我才緩緩鬆開他們。有人問我怎麼可以隨意命令他們？聽我說句話，要駕馭他人，首先要駕馭他們的興趣。

他們也曉得我的脾氣，要是不合我意，呵呵，當然不會斷手斷腳，只會斷一個地方，那就是男人的生命力。我會親自拿剪刀，說到會不會做到那就看他自己怎麼想了。

「既然決定了就去期刊社報名唄！」

4

我們三個走到期刊社的教室時，只能用慘不忍睹來形容。一般社團最多可以有幾百個人，最少也有五十幾個，但期刊社卻只有二十幾個人，當然包括我們。

期刊社的阿鴻老師一看到我們，就連忙招呼我們，活像服務生招呼客人，讓我們有莫大的爽快。

「你們都是要加入期刊社的嗎？」他問。

我們三個皆點點頭。

「很好，很好。」他眉開眼笑地說，翻開一本簿子，將筆遞給我說：「在上面登記吧。」

我們三個輪流寫上名字。

「老師。」

有一道清脆好聽的聲音從後方響起，我習慣性地回頭，哇咧靠靠靠靠！竟然是霸主的心上人——柯佳綺！

我看著霸主，他的眼睛凸出得像鬼一樣，再往下看，哇靠，他連雙腳都在發抖。我和凱子相視而笑，看來沒加入錯了，我們幫了他一個大忙，回去一定要逼他請客。

「老師，好無聊噢！沒有事可以做嗎？」她嘟著嘴嚷道。

「現在沒有要做校刊，所以以後就帶自己的書過來看吧。」阿鴻老師笑道。

「那可以出去晃晃嗎？」我發問。

「可以，只要保證不被教官主任抓到。」

我發現這個社團真是個天堂，既不用做那些無聊的勞作，也不用一直被操，還可以上課到處亂晃，比我之前加入的壓花社還要好太多了。

放眼望去教室四周，我又發現一件可以成為天堂的理由了。全社團大概有二十五人，男生只有五位，而且長得相當抱歉，這讓我又得意一笑。

女生之中有幾位長得傾國傾城、如花似玉。有大眼妹、辣妹、氣質妹……這簡直是，男人的慾望天堂！

還好這社團不熱門，不然這門檻被擠爆，說不定我們還不能進去，再次感謝老天爺的保佑，感謝祂讓我登上幸福的寶座。

「哇，坐在最後面左邊那個正妹，皮膚超白的，看了就想咬一口。」不愧是凱子，這麼快就看到極品中的極品。

「才不呢，倒數第二排第三個才叫正，撩頭髮的姿勢超嫵媚的，腿也很細。整間教室的美眉我都超想獨吞的！」我流著口水，痴痴笑說。

「你連那個都不挑？」凱子手指一指，我隨著他的視線看，差點把早上吃的早餐統統吐出來。

臃腫的身材，螞蟻般大小的眼睛，稀少的頭髮，過多的青春痘，還都化膿了！就算當成贈品送我，我還寧願丟進去馬桶沖掉。

「那個送你。」我冷冷地看著那名小胖妹。

「吃屎。」他回我一隻中指。

當我們注意到霸主時，他已經不見了，我左右張望，赫然發現，霸主被一群女孩子包圍住，還有說有笑地聊著。

「賤。」我說。

「賤。」凱子說。

「兩賤通過。」我嘿嘿地笑，「既然霸主幫我們事先喬好關係，那我們去加入吧！」

「ＯＫ！」凱子也學我嘿嘿地笑。

「嗨！霸主，在聊天啊？」我一邊說著一邊靠近他們那群。

「在講些什麼啊？我們也要聽！」凱子裝做一副很娘的樣子喊道。

霸主悄悄對我們豎起大拇指，用嘴型說「搞定了」，我們兩個立即興奮地跑進那充滿幸福味道的小圈子，期待著。

「這是我死黨阿徹，另一個長得比較危險的叫凱子。」霸主幫我們介紹。

「危險？他長得帥到很危險？」其中有一名大眼妹指著凱子困惑問。

凱子用充滿感激的眼神看向霸主，他應該在想霸主竟然會替他說好話。

「不，我說的危險是指跟他在一起要小心點，以防遭到不測。」

我感覺到凱子正握緊拳頭。

每個女孩子大概向我們介紹她的名字後，又聊了一些以前的往事，但霸主的目光始終緊追著柯佳綺。唉，這就所謂的電車痴漢嗎？

凱子則是為了改變其他女孩子對他的第一印象，使出渾身解數拚了命搞笑。他心裡一定很恨剛剛霸主毀謗他，看來回家的路途霸主可能需要防範一點了。

至於我呢？說注意其實也沒在注意其他女孩，只是習慣性地對窗外的天空發呆，欣惠沒有我應該可以過的很好吧，也許那時候我的態度真的很不好，但我實在不喜歡自己的女朋友管我那麼多，若連體諒都做不好，有什麼資格可以管教我呢？

「你在想什麼？」有個女孩突然走到我旁邊，親切地問。

「沒什麼，只是習慣發呆罷了。」我聳聳肩。

她輕推一下無框眼鏡，鏡片後那雙大眼不斷眨呀眨：「通常發呆都是有心事。」

我笑笑不語，又將視線移至窗外的世界，輕輕地說：「妳覺得，分手的定義是什麼？」

「大概是分開後，雖然過著各自的生活，但心中有一坐位卻依舊殘留著餘溫，那是回憶。」

「妳很特別，真的。」我回過頭定睛望著她，莞爾道：「問那兩個畜生，他們的答案都很白目。」

她笑著，感覺很輕很輕，像棉花糖似的，我不禁被她的笑容給深深吸引，她長得並不艷麗、也不可愛，卻有種很舒服的感覺，讓人無時無刻都希望她在身邊，即使什麼話都沒說。

「原來你的心事是指這個啊？」

「也許吧，但分手的感覺我卻感到相當生疏。」

「對它熟悉才不太好吧？」她笑笑。

「嗯。那種感覺我習慣用手溫來斷定。」我望著我的手掌說。

「手溫？」她困惑地問。

「當妳握著妳的情人，妳情人的手會與妳十指相扣，溫暖會緩緩爬上的妳的心房。但有一天，妳的情人對妳的感覺淡了，或者是感情變了，手溫會永遠地冰冷，即使是熱湯也無法溫暖妳的心房。」

她訝異地看著我好個半晌，才回過神笑說：「你的心思很細膩呢，當你的女友一定很幸福。」

「還好吧，當我將想法說給那兩個畜生聽，他們就在一旁取笑我。」我瞪著那兩個為了女人而忘了自己兄弟的畜生。

「他們是畜生，所以不懂你的浪漫，呵呵。」

她掩嘴而笑，髮絲在空氣中飄動，那一瞬間，我竟以為站在我面前的，是一位穿著白色洋裝的純潔天使。

「怎麼？我臉上有東西嗎？」

「沒有沒有！」我趕緊收回視線，潮紅爬上臉頰。「對了，我很欣賞妳，妳有沒有電話？」

「呵呵，我也挺欣賞你，你的也要給我哦！」

她拿出紙和筆寫下，然後撕一半給我，我寫下電話號碼後遞給她。

交換紙條後鐘聲也響起，她對我揮揮手，我也笑著對她揮手，就往那兩個畜生走去。

「喂，回到原班級去了，下課了。」我看著那兩個畜生幸福的模樣。

「下課了喔。呿，好掃興噢。」凱子嘟著嘴，用流浪狗的眼神看我。

「少對我撒嬌！」我送給他一個迴旋踢。

「回去吧！」霸主說著，和我一起將凱子的屍體抬回教室。

當凱子醒來後，我發現霸主的蹤影已經不見了。

5

自從上次的社團活動後，我便期待下次的社團時間，一直都很期待。

望著手機上陌生的號碼，又看著那女孩那天寫給我的紙條上的姓名——林翊妘，娟秀的字體輕輕地搖動我的心，那種感覺真的很奇妙，淡淡的，輕輕的，卻勾起我滿滿的期待。

為什麼明明
我就在你身邊，
你卻不知道
我喜歡你？

她的笑容真的給了我很大的動力，以致於下午的課只能用瘋狂兩個字來形容。那天我真的瘋了，瘋到教官在後面追，我拚命跑還傻笑。凱子說我那天的行為實在跟智障沒什麼兩樣，他說什麼我只是拚命傻笑點頭。有嗎？我都不記得了，我都忘了那天是怎麼過的。

有幾次我差點按下撥號鍵，但手指僵在半空中，又頹然地放棄。該說什麼？不知道，所以我沒有這勇氣打電話，打給那猶如白雲般輕輕飄在天空上的女孩。

「欸，阿徹。」霸主拿著一疊厚厚的參考書放在我桌上，說：「你教我。」

我望著那一疊，又抬頭看他，又看著手裡的漫畫，說：「干我屁事。」

他又拿出一疊漫畫，我的眼睛亮了。

「干你屁事？」他的眉毛挑很高。

「啊！不不不，小的太不檢點了，大人的事就是我的事。哎呀！小的罪該萬死。」我拚命用手打自己的臉，偷偷覷了漫畫一眼。

霸主滿意地笑笑，指著一本數學講義：「我整本全部都不會，你要負責教到我會唷，事成後我會給你看漫畫看到爽附加一杯飲料，還會報給你一個好康的消息。」

「好康的消息是啥？」

「秘密。」他眨一眨眼睛，看得我是怵目驚心。

結果教他沒有想像中的簡單，他竟然連九九乘法都還沒背熟。

「這裡要九乘以九啊！」我指著那簡單到可以去跳樓的題目說。

「九乘以九？」霸主咬著鉛筆，搔搔頭問：「那是多少啊？」

「媽的，你是小學沒畢業唷！」

「有啊！」他說得理直氣壯。

「那為什麼你連最基本的題目還不會？」我快昏倒了！

他對我自豪地一笑：「哈！從小學作弊到國中就畢業了，上課我都在睡覺。而且，我學測也是用抄的噢！」

哇靠！這傢伙以後怎麼立足社會啊？還作弊咧！我開始對我的親親漫畫感到絕望。甜心，不是哈尼不去看妳、碰妳，實在是有個傢伙連個小學題目都不會算。唉，乖乖，晚上我會從他房間把妳偷回來，然後我會好好地疼妳的。

結果當天晚上，我並沒有把親親漫畫帶回我的房間，因為霸主將漫畫緊緊地抱在懷裡，無論我怎麼抽，他就是不肯放。

好吧，我放棄了，只能把這白痴教到會才能看。唉，只能暫時忍忍吧。

6

你猜，當我把霸主教會全部的數學題型時是什麼時候了，一個月後了，一個月耶！真的是無語了！而且我還是每天從早到晚叮嚀他、督促他。阿凱這傢伙知道我的困難後，不但沒有伸出援手，還在我教霸主的時候看黃色雜誌，明明就想刺激我，還說是想陪我們，真是個混蛋！

教會霸主後，他立即送上五十嵐的上等綠茶，並奉上親親漫畫全套。我現在才知道什麼叫做青春啊！

「我答應你要說一個好康秘密，注意囉！」霸主坐在床邊，一副神秘兮兮的模樣。

我看著凱子也豎起耳朵，立即把他踹下椅，說：「畜生不需要聽。」

「他聽無所謂啦，其實也不是啥秘密。」霸主笑說。

這樣我不是比較虧本了嗎？我教得要死要活，他看得欲仙欲死，這樣成何體統？嗯，周煒徹，你是個心胸寬闊的大帥哥，怎麼可以跟一隻畜生爭執呢？要有美男子的形象啊！切記，他只是一隻畜生！

「喔。」

「其實下禮拜要聯誼，我們三個都要參加。」

「聯誼？這算好康的嗎？不要是恐龍妹欸！」我說。

霸主嘿嘿地一笑：「我一個女生朋友說她正在找要聯誼的對象，我立即就跟她報名，所以我再找幾個男生就萬事ＯＫ了。至於有沒有恐龍妹我還不清楚，但是我聽說她找的都是極品中的極品啊。」

「淫蕩。」我笑。

「淫蕩。」凱子也笑著說。

「從此我們就改名叫三淫俠好了。」霸主立即提出想法。

「ＯＫ！淫蕩俠。」我笑著指著霸主。

「ＯＫ！淫蕩聖。」凱子笑著指著我。

「ＯＫ你的頭啦！你們都叫淫蕩俠，我自稱自己叫淫蕩神！」霸主一副神氣樣說。

我開始覺得我們行為非常幼稚無知。

「凱子你有馬子了，這樣不行噢！」我突然想到她女朋友發飆的模樣，不禁毛骨悚然。

「安啦！我只是認識，沒有要把。」

「阿揑唷！」我覺得他的表情已經出賣他自己了。

突然桌上傳來一個聲音，是鬼來電的鈴聲，自從看完鬼來電的電影，就覺得那個鈴聲真是他媽的讚，那兩個畜生還笑我智障，真是不懂得欣賞，明明就很屌。

我走到書桌前，拿起手機看，顯示的，是令我心跳加速的名字——林翊妘。

7

「喂喂喂！誰打來的啊？」凱子探頭看。

我下意識把手機收進口袋裡，對他吐個舌頭，順便秀出我帥氣的中指，立即奔近廁所內，鎖門，趕緊接起來。

「喂？」心跳急劇跳躍。

「周煒徹？」她淡淡的聲音輕輕地從手機內傳出。

「對。」我發現我的手在流手汗。

「你現在在忙嗎？如果你在忙真不好意思。」

就算我再怎麼忙，我也要……跟妳喝一杯咖啡。

「我現在很閒。」

「這樣太好了。」她高興地說道，「你假日有約嗎？我想要去書店買幾本小說，想說如果你不嫌棄，可不可以和我去挑幾本看看？」

怎麼可能會嫌棄？我高興都來不及了，怎麼可能那麼不識好歹？

「好啊！我假日正閒得發慌，我知道有幾本不錯看！可以介紹給妳。」我笑說。

大概聊了幾句，她因為要趕做報告，所以很快就掛電話。我喜孜孜地哼著周杰倫的歌，打開門，我發現我有種想殺人的慾望，有兩隻畜生在門口偷聽，還將手成捲狀竊聽。這兩個白目！

兩人發現行跡敗露，立即起身裝成沒事樣吹口哨，看得我眼冒怒火。

凱子假裝不知道什麼步至我旁邊，拍拍我的肩膀：「小說買回來要給我們看唷！」

霸主打凱子一巴掌：「你這樣講不就代表我們偷聽嗎！」

「對厚！拍謝啦！阿徹，我們只是關心你咩！」

「喔？」我開始在想如何處罰他們。

「喂！認識新馬子也不介紹給我們認識。」

「她不是我馬子，而且，你們想偏離主題？」我的手發出拉筋骨的聲音。

為什麼明明
我就在你身邊，
你卻不知道
我喜歡你？

「沒……沒有啊！是兄弟的話就要介紹給我們呀！」凱子開始強詞奪理。

呿！來個惡人先告狀？老套了啦！

「喔，是兄弟的話啊——」我故意將尾音拉很高，斜眼看著他們。

「你……你想……想怎麼樣？」說此話的人是霸主。

我嘿嘿一笑：「想怎樣呀……呵呵呵……」

他們兩個同時打了個寒噤。

「是兄弟的話就不該偷聽兄弟打電話吧？」我邪佞地笑說。

他們連忙點點頭，我滿意地點點頭。

「沒收你們的最愛似乎不能讓你們感受到我的用心。」我喃喃說，「呵！來個阿魯巴伺候如何？」

「啊！不要啊！大人饒命！」霸主抱住我的腳淒厲喊道。

好吧，看霸主貢獻的親親漫畫份上，放他一馬好了。

「幫我把凱子架住吧！」

「遵命。」

那晚，有道淒厲的叫喊聲劃破整個天際。

8

自從上次阿魯巴的事件，凱子有整整一個禮拜不去學校而悶在家裡，我問他幹嘛要請假，他說是為了男人的自尊。男性同胞應該知道他說的問題所在。

不過我倒是發現一件事，每當我和霸主放學回到家，他總是很匆忙地跑去廁所，然後過半個小時才若無其事地出來，這件事引起了我們的好奇心。有天，趁凱子出門去買晚餐，我和霸主立即跑去廁所觀察一番。

「你有找到什麼？」我翻找著浴室毛巾。

「嗯……沒有耶。」霸主翻著垃圾桶說，「臭死了！」

「白癡喔，沒事幹嘛找垃圾桶？」我沒好氣地瞪著他。

「說不定會找到用過的保險套啊！」他說得理直氣壯，又嘿嘿地一笑。「說不定他有帶他馬子來過。」

「噢！」我了解地點點頭，豎起大拇指誇耀說：「還是霸主英明。」

「好說好說。」他一副就是我就是天才啦，兩說手舉高向四周嘆氣。

「那找到了嗎？」

他沉默了一下：「你想叫我把全部的衛生紙都翻開？」

好吧，我認為這方法行不通，叫他忍受那些臭味的確苦了他。

「你再想想看，最近凱子還有什麼怪異的行為？」我問。

他低吟了一聲，又「啊」的一聲大叫：「我記得他從廁所出來後就去開機，然後我想去看他幹嘛，他就把門鎖上。」

好像真有這麼一回事。

我們走進凱子的房間，將電腦開機。咦！我在電腦桌面上發現了一個很怪的圖案，上面寫著「刺激」兩個字，激起我和霸主想一窺究竟的感覺。

「咦？這還需要密碼耶！」我說。

「這死凱子，好康都不跟我們分享。你知道他會用啥密碼嗎？」

我搖搖頭，然後說：「不然用他馬子的生日看看。」

霸主飛快地在鍵盤上敲打幾個數字，結果很顯然是錯的。

「那再用他媽的生日。」

「他媽的我哪知道。」他攤攤手。

情況瞬間陷入膠著，我想破了頭都不知道狡猾的凱子會用誰的名字或電話當作密碼。嗯，唯一有可能的就是……

「黃色！」我和霸主同時開了口。

霸主興奮地敲打著鍵盤，螢幕上顯示著：「進入刺激中。」

我們不由自主地高聲歡呼，還互相擊掌。

「就知道這淫蕩俠滿腦子黃色思想。」霸主哈哈大笑。

我們看見螢幕上跑出一堆影片與程式，看得我們是眼花撩亂。

霸主很慎重地按下第一個影片，當影片出現那瞬間，我們差點暴斃而亡。靠，了不起！我趕緊將衛生紙抽出幾張壓住自己的鼻子。

我們兩個目不轉睛盯著螢幕看，衛生紙不斷抽呀抽，一包好好的衛生紙就這樣被我們抽光了，我趕緊又跑去儲藏室拿兩大包衛生紙，一個丟給霸主，另一個抱在懷裡抽，眼睛依舊不離開螢幕。

「喂！牛肉麵沒在賣，所以我買水餃……」

凱子拿著一個袋子走進房間，我和霸主同時回頭看他，空氣中一片沉默。

我流著手汗，衛生紙也很不是時候地掉落至地面。三個人同時盯著衛生紙看，又是一片沉默。

首先打破沉默的是凱子：「很好看嗎？」

我們不約而同地點點頭，深怕凱子發飆。

「衛生紙用很多？」

我們又點點頭。

「哦！那我告訴你們還有哪幾片比較精采！」凱子興高采烈地跳至我們旁邊，拚命指著一堆影片笑說。

愣了，真的愣了。

「你不生氣？」我小心翼翼地問。

「幹嘛生氣？我本來是想說下載到一定的數量再分享給你們看，沒想到你們早就搶先來看，那我也省得力氣對你們解釋。」他聳聳肩。

下載到一定的數量？我看這些起碼已經超過一百片了。

「我們先去吃水餃啦！等等再一起觀賞。」凱子搓搓手，嘿嘿地笑說。

吃完香噴噴的晚餐後，夜晚，變得好長好長啊！

9

下禮拜很快就到了，我、霸主、凱子還特地梳洗打扮，為的就是想聽到女人們的尖叫。

「哇！好帥呀！」

「哇哇！白馬王子！」

「哇哇哇！超優的男生耶！」

「哇哇哇哇！好想上前搭訕喔！」

好吧，這只是我的妄想，但是為了這個妄想，我可是很努力地讓自己變得更帥、更雄姿煥發耶！

因為我很少出去買衣服，逼不得已只好穿霸主的衣服來充當一會兒。

「你們要帶保險套嗎？」凱子從浴室探頭出來問。

「幹嘛要帶？」我問。

「先上車啊！」他說得理所當然。

我和霸主立即衝上前踹凱子幾腳。

我們騎上自己的愛車，立即發動引擎往幸福之地衝去。一路上不知怎搞的，到了紅綠燈時綠燈就會馬上轉成紅燈，讓我簡直快要發飆了。霸主揮揮手示意我們直接闖紅燈就好，我想都不想，立即加速油門。

結果呢？我換來了兩張超速罰單。

可恨的是，他們兩個連一張罰單都沒有。為什麼呢？因為他們很清楚哪裡有測速器，所以會適時地減速。好嘔啊！怪我平常沒有出門的習慣，現在好了，罰都罰了，嘔也嘔了，能埋怨什麼？

到了目的地，遠遠看到一群女孩子站在門口，而我方男生們也在那等候我們，我們趕緊跑去會合，正如霸主所說的，幾乎都是正妹，看得我是心癢癢。

這次的座位是一排男生，對面另一排則是女生，而我被分配到中間的位子，左邊坐著凱子，右邊坐的是不熟識的男生。我瞧一瞧坐在我對面的女生：大眼、長髮、小嘴、笑容甜。嗯，算是可愛型的。

再看看凱子的對象，哇咧！標準的超級辣妹：腿很白、眼神勾人。我真想跟他對換位子。

嗯，旁邊的男性同胞對象也應該不錯吧？我往他對面的座位一看，不禁呆愣住了，跟上次去的社團看到的小胖妹根本是同類，唯一不同的是，這位小胖妹的頭髮全部綁成小辮子，硬是走龐克風格。

看著那名男性同胞哀怨的臉，我拍拍他的肩膀，告訴他：「你要堅強。」

「現在男女輪流自我介紹。」霸主宣布著。

靠，從小自我介紹到現在，到底要自我介紹幾次他才甘願啊！

「我的名字叫吳政彬，身高一百八十公分，體重七十公斤，興趣是打籃球。」

哼！身高比我高就很了不起喔？呸！我多打籃球就比你高了啦！

「我的名字叫柳心宜，身高一百六十五公分，體重算是秘密，興趣是壓馬路、照照相！」

嗯，長得挺可愛的，給個七十分。

「我的名字叫林嘉熙，身高一百七十公分，體重六十五公斤，興趣是打線上遊戲、打撞球。」

身高輸我啦！哈，哈哈，哈哈哈，哈哈哈哈！

「我的名字叫周靜澄，身高一百七十公分，體重四十五公斤，興趣是聊天。」

喔！嘴唇很性感，給個七十五分。

就這樣，每個人自我介紹我都會暗自留個評語給他們，沒辦法，無聊沒事找事做。

終於輪到我對面的女生，我聚精會神地聆聽著。

「我的名字叫許郁雯，身高一百四十六公分，體重秘密，興趣是發呆看天空。」

什麼鳥興趣？怪哉。原來屬於嬌小型可愛女呀！不錯不錯，我喜歡。

終於輪到我了，這次我可要好好表現。

「我的名字叫周煒徹，身高一百七十五公分，體重六十九公斤，興趣是看妹、把妹。」我哈哈大笑。

每個人皆停止講話看著我，一群烏鴉飛過，現場一片寂靜，我顯得尷尬。

「好了好了，換下一個。」霸主大聲說著。

感謝您，給我台階下，回家一定要狠狠親霸主一番。

大概都介紹完之後，開始是男女雙方互相聊天的時間。我想著要聊什麼話題時，凱子和辣妹的對話引起我的注意。

「我覺得妳長得很正。」凱子裝正經的說。

「是嗎？」辣妹嫵媚地撩起髮絲回答：「你也長得不差。」

「有沒有人說妳的眼睛很會勾引男人？」他繼續裝正經。

「你是第一個呀！」她嬌笑說。

「妳的嘴唇真的很性感。」他色瞇瞇的眼睛很用力地盯著她看。

「呵呵，你嘴真甜。」

「妳希望每天都聽到這些話的話，就把電話給我吧。」他痞痞地說。

我以為那辣妹會打他一巴掌，沒想到，辣妹跟他要手機後，竟然真的把手機號碼按進去裡面了。這小子，果真是高手！

凱子竟然成功了，也許他馬子就是這樣被他騙來的也說不定。

「周帥哥，請多注意我吧。」

對面的女孩出了聲。

10

「對不起，不小心忽略妳。」我帶有歉意地說。

她偏著頭，看似純真的大眼不斷眨呀眨，我屏住氣息，兩眼直勾勾看著她。

別這樣看我啊！越看越覺得好害羞唷！妹妹妳在暗示我吃掉妳嗎？再看的話，哥哥會做出一些荒唐事啊！

我趕緊將這些念頭打消掉，都要怪凱子平常灌輸我一些不正當的想法。該死，回去一定要他改色歸正，才能解救我高智商的腦袋。

「你幹嘛那麼緊張呀？」她哈哈大笑，「我知道你剛剛在看什麼，所以我也在看，他們那對講話好讚唷！」

好吧，我承認我太神經質了，怕正妹不鳥我是一大損失。這都得怪凱子，把什麼妹，把到我都一直看他而忘了注意對面的美女。凱子你回家就死定了，都是你的錯，把我搞成這樣。

「是啊是啊。」我連忙附和。

「你的興趣是把妹、看妹唷？」

「呃……其實這麼說也不算是，只是講好玩的，我還以為講那種興趣別人會覺得很好笑。」我難為情地抓抓頭。

「但是沒人笑。」

我尷尬地點點頭。

「你現在很緊張嗎？」她笑著問。

我想了一下說：「有點。」

「你們男生是普通科吧？怎麼會想和餐飲科的女生聯誼？」她的手輕輕搖晃杯子，液體在杯內像漩渦般地旋轉。

問我為什麼，我該怎麼回答，而且這聯誼提議的人又不是我，我只是負責我份內的工作：看妹、把妹。抱歉，食色性也。

我看了一下霸主的方向，我發現他真的是人不可貌相，平時看經典片，一副飢渴漉漉想找發洩管道的畜生，竟然周遭身旁圍著一大群女生，而且五個女生中，有兩個是正妹，這讓我相當訝異以及羨慕。

看來是我太遜了，明明我長得比他帥一千倍。

「我只是負責來而已。」我偏著頭攤攤手。

「其實我有點排斥和普科的男生交往。」她的眼睛直勾勾盯著我，眼神很認真。

我噤了住聲，專心聆聽。

「高一的時候，我認識了一個普科學長，他很溫柔、體貼，所以我情不自禁的喜歡上他。」她的目光飄到很遠很遠的地方。「當時我認為，只要一直在他身邊，就算我不是他女朋友，我也不會有什麼怨言，只是單純想待在他身邊。但，我太天真了，學長的溫柔，不是止單單送給我，還是有別的女生喜歡他，我再也沉不住氣，就一鼓作氣告白。」

說到這裡，她低著頭，沉默。

「然後呢？」我忍不住好奇問。

「學長說，他不想和一個智商低的女生交往，當朋友已經算是禮遇我。」她的容貌依舊是面無表情。

我的喉嚨忽然像打結般，很難扯出話來，眼前的可愛女生，竟受過這麼大的羞辱，她的表情就感覺像是，已經不再相信愛情，卻還是希望能找尋那份最初的感動。我不禁握緊了拳頭，那個渾小子毀了我們普科的名譽，要是讓老子發現，必定讓他體無完膚！

不過，生氣歸生氣，安撫女生也是體貼男士的必須行為。

「那個學長是個廢物，妳要放開心胸忘了那無情的人吧。而且不一定普科的男生就一定會像那廢物一樣呀。」

像我就是個新好男人，看看我吧，我比那男人好太多了。我在心裡替自己抬高身價。

「是呀，我倒是找到了一個。」她又恢復先前的活潑，笑咪咪地說。

哇靠，哪位男士，手太賤唷！把別人的目標搶先偷吃。你一定長得又蠢、又肥、又自大、又智障、又沒腦袋，一定會有報應的！

「就是你呀。」她比了YA的手勢。

呃，原來是指我唷，拍謝啦。那位莫名其妙被我罵的俊逸男士，你一定長得又帥、又高、又很聰明、又有女人緣，說什麼有報應呀，你一定會世世代代都享福！

「妳太抬舉我了。」這時候要故做謙虛，好讓她覺得你人不具有危險。

「呵呵，妳週末有空嗎？要不要一起去看電影？」我試著邀約。

「好呀！那天我剛好沒有排什麼行程。」她的小酒窩又再次浮現。

她長得實在太可愛了，感覺就是楊丞琳在對你撒嬌，骨頭都快軟掉了。這該不會就是所謂的骨質疏鬆症吧？

和郁雯交換手機號碼後，整個心都飄飄然，想著週末的計畫。喔！一定要過得超級完美！

但是，總覺得有件事一直困擾著我，回到家，我依舊在想這個問題。

「欸，你們知道我週末有要幹嘛嗎？」我問那兩個正在玩網路遊戲的畜生。

「唔……」霸主嘴裡含著棒棒糖，手按著按鍵，含糊地回答：「我們又不是你肚子裡的蛔蟲。」

好吧，算我白痴，竟然還會想要問他們。

「你不是週末要和你馬子出去買小說嗎？」凱子問著，視線依然沒離開電腦。

「我不是說過了，翊妘不是我女……」我倏地住了口。

什麼？我沒聽錯吧？翊妘是這週末跟我有約？我壓根忘了這件事，和郁雯的約會在星期日，和翊妘的約會也在星期日。哇咧！事情怎麼會複雜化啊。都怪我一時糊塗，沒記清楚日子，現在好了，該去赴誰的約會？又該拒絕誰的約會？

「你該不會週末也跟你聯誼的美眉有約吧？」凱子回過頭看我。

「是啊，該怎麼辦啊？我不會拒絕女生耶。」我困擾地說。

「沒關係。」凱子走到我身旁拍拍我的肩膀，「我幫你。」

唉唉！好朋友的作用這時才發揮功效呀，太感動了。原來凱子你已經從畜生升級到人類了？嗯嗯，身為好朋友的我，實在替你感到欣慰。

「我看那聯誼妹還挺正點，不如我替你接收那聯誼妹，你去赴你馬子的約會。」他說得正氣凜然。

我想我錯了，他不但是畜生，還是畜生中的王者！虧我剛剛還在心中暗自誇獎他一番，沒想到他的原形這麼快就畢露了。該死，我真白痴。

「吃屎吧你。」

看來我只能自己想辦法吧。唉，朋友這東西，不管用啊！

11

日子就在我的煩惱下來到了星期六。

我依舊沒有拒絕其中一名女孩，因為我覺得這樣太失人性了，當晚我還和凱子、霸主共同討論此事。雖然心裡是想要自己想出解決辦法，但不知道怎麼搞的，腦筋一片混亂，逼不得已，只好低頭向那兩個畜生問個辦法。

「阿徹，我還是覺得我幫你赴聯誼妹的約比較好吧？」凱子走到電腦桌前，將電腦按關機。

「不行啊！這樣她對我的第一印象會很差！」其實我是不爽給他去赴約。

霸主將剛買回來的零食打開，逕自就吃了起來。

「靠！這是我房間耶！還在床上吃，要是吸引螞蟻陪睡怎麼辦？」我搶走他手中的零食，將零食拿去客廳的桌上放著。

等我回到房間，我簡直快要抓狂了，霸主竟然又開了一包零食，而且還呼朋引伴，連凱子也跟著津津有味地吃了起來。

「出去吃！」

趕走他們後，我頹然地坐在床上，怎麼辦？該怎麼辦？我到底要赴誰的約？忽然一陣鈴聲響起，我習慣性地不看來電顯示，馬上按接聽鍵：「喂？」

「煒徹，是我。」聽這聲音，是翊妘。

「怎麼了嗎？」我問。

「明天的事還記得吧？」

「嗯。」怎麼可能不記得，現在我就在為了妳們的事而煩惱耶！

「最近老師出了一項報告，下禮拜一就要馬上交，所以我可能要趕一下報告，早上和下午可能不能出去了。」

「不能出去了？」我睜大眼睛說。

這算是天賜良機嗎？問題終於解決了。但，心中還是不免一些小失落。

「要呀，我可以在晚上之前做完，所以晚上你有空嗎？」

「妳等一下喔，我問我朋友一下，等等問完再打電話給妳。」我變聰明了。

「好。」

掛掉電話，我如釋負重地吐了口氣。原來老天爺也是挺照顧我的，我趕緊撥給郁雯。

「哈囉？煒徹呀？我剛好要打給你說。」手機傳出可愛的聲音。

「呵呵，心有靈犀一點通。」我笑說，「對了，明天是要幾點去看電影？」

「這種事不都是男生決定嗎？」我感覺到她這時在嘟小嘴。

「我覺得女生有權決定啊！更何況我可不想被妳說成是大男人主義。」

「這樣喔，那早上十點行嗎？」

就在等妳說這句話啦！不過，還是得確定一件事。

「是可以啊！但是幾點結束？」為了預防萬一，這種小細節一定要問清楚。

「幹嘛？難不成你還有事情？」她好像有點不高興。

「唔……就……要做報告啦。我有個報告下星期一要交，所以不能去太晚，頂多只能陪妳到下午囉！」我搬出藉口搪塞。

我發現我說謊可以臉不紅氣不喘耶！看來我有說謊的這項才能。

電話的另一端突然安靜了下來，很靜，連呼吸聲也沒有感覺到。我屏住氣息，試著聽出一些小聲音，但，依然是靜靜的。

她該不會生氣了吧？

「喂？」我出聲。

沒人回答。

「妳還在嗎？」

還是沒人回答。

「妳不說話我就要掛掉了唷！」

「……」

我發覺我快要失去耐性了。

「美麗的女士？」

「你少噁了！」另一端終於出了聲，還哈哈大笑。

「幹……幹嘛不講話？」呼，差點罵出髒話了，幸好我腦筋很會轉，不然得罪一名可愛的女孩，良心會不安欸！

「剛剛家裡的電話有響，我跑去樓下接。」

「我還以為妳生氣了耶！」

「我幹嘛生氣？」

「就因為我要做報告。」我躡手躡足地打開房門，很好，他們沒有偷聽。

「我幹嘛為了那種事生氣啊？你想太多了。」

「喔……」我無言地回答，又看著牆上的時鐘，十一點，不知道翊紜睡了沒，等等還要打給她，說一下決定呢。「早上十點，妳去台中女中校門口那等我，我去那邊載妳。」

「嗯。」

互相道別後，我趕緊撥電話給翊紜，深怕她已提早睡覺了。

「我快睡著了。」電話一接通，翊紜疲倦的聲音緩緩從手機內吐出。

「對不起，讓妳等那麼久。」我充滿歉意地說。

「呵呵，沒關係啦，你的決定是？」

「晚上我有空，那就約六點，妳時間上可以嗎？」我打了個大大的哈欠。

「可以呀！就這麼決定囉！在台中體育館等我好嗎？」

「嗯嗯！」我真的有點睏了。

事情就這樣解決了。

棒嗎？

星期日就在我的期待下來臨了。

我揉著睡眼惺忪的眼睛，打了個大大的哈欠，望了一下手錶，很好，八點鐘，夠我準備了。

但是現在問題來了，我沒有衣服可以穿。不過我要釐清一點，我說沒衣服穿是沒有適合約會的衣服穿，並不是窮到連內衣褲都買不起。

現在去霸主房間借嗎？不太敢。有人問我為什麼不敢？因為霸主有起床氣，但嚴格來說也不算是起床氣，比較像是超自然靈異事件。光想到這點，就夠讓我毛骨悚然。這麼說你似乎不大能了解，那我再更詳細地說明。

在國中的時候，我和凱子常去霸主家打電動，但某天晚上，玩著玩著，不知不覺已經半夜一點鐘了，基於夜深安全考量，我們決定借宿一晚，當然，這還不是重點。

一早首先起床的是我，凱子的睡相成大字型形，讓我忍不住腳癢，踢了他那敏感的第二生命。

「啊——！」凱子忽然驚醒，抓著他那珍愛的第二生命慘叫。

我在一旁哈哈大笑，這種感覺真的很爽，看到他那扭曲變臉的表情真的很好笑。

「一大早發啥神經？很痛耶！」凱子揪住我的衣領叫罵。

「我只是不小心腳『滑』了一跤，說巧不巧，你的睡相恰好成大字形，我的腳就這樣完美地滑入你的第二生命。」我攤攤手，假裝很無奈。

「最好是啦！那你為什麼不剛好滑進霸主那？」他氣憤地指向霸主。

我隨著他所指的方向看去，霸主很安祥地睡覺，讓我和凱子不禁蹲下身與霸主的視線平行。

「要叫他起床嗎？」我問。

「廢話，你都叫我起來了，為啥他不用叫！快叫他起床啦！去打籃球了。」凱子催促道。

「誰鳥你？我要去廁所一下，你叫他吧。」還沒等到凱子的答案，我早已一個箭步先走了。

我要聲明一件事，我是真的尿急，並不是知道接下來會發生什麼事。

「啊！」正當我輕鬆地解放同時，霸主的房間傳來淒厲的叫聲。

凱子？我趕緊洗洗手，奔回房間，看到的景象讓我當場傻在原地，久久不能自我。

「靠！霸主你清醒一點啊！我是凱子啊！啊！阿徹救救我！」凱子淒厲地喊叫。

霸主將凱子四肢綁在床的四個角落，還將凱子的上衣扯破，霸主手裡拿著兩枝麥克筆，不斷地在凱子的胸膛上塗鴉。更讓我震驚的是，霸主的兩眼無神，還翻白眼！

「阿徹！不要再看了啦！快阻止他！」凱子拚命掙扎。

「可是，他看起來好可怕。」我怯怯盯著霸主回答。

「快啦！怕什麼？你再不快點，等等他又要脫我褲子了！啊！」正如他所說的，霸主開始脫他褲子。

我不知哪來的勇氣，馬上衝上前就是給霸主一拳，霸主悶哼一聲立即倒下，我喘著氣，胸口不停地劇烈跳動。

「我只是要你拑住他，你幹嘛把他打昏？」

「做這種事也需要相當大的勇氣耶！喵的，好心救你還被你吐槽。」我瞪了凱子一眼，欲走出房間。

「喂喂喂！幫我解開啊！」

「不想鳥你！」我揮揮手，走出房間。

經過那次，我和凱子不敢在霸主家熬夜打電動，更對那次的事件絕口不提。霸主醒來後還一臉茫然，說發生什麼事，聽的凱子想衝上前揍他。

好吧，就是因為發生那種事，我不敢在霸主熟睡的時候去借衣服來穿，我委屈一點，只好去凱子房間借。

悄悄地打開房門，凱子的睡像依舊是大字形，我嘆了口氣，打開衣櫥，挑了幾件覺得還不錯的衣服，正想回去試穿一下。

「不要啊！霸主你冷靜一點！」凱子驚恐地喊著。

我轉過身看他，唉，原來他在作惡夢啊！

可憐的凱子，經過那麼多年還沒忘掉那場惡夢……

12

頭髮抓得ＯＫ，衣服配得ＯＫ，鞋子沒污垢也ＯＫ，眼睛裡面沒眼屎ＯＫ，陽光帥哥的笑容我也ＯＫ，那就萬事具備了。

看了一下手上的手錶，離約定的時間還差十分鐘。

我坐在機車座墊上，擺了個很帥的姿勢，我認為郁雯看到我如此完美的姿勢會愛上我。

抬抬頭望著天空，耀眼的陽光使我的眼睛睜不開，我揉了幾下眼睛。當我看見自己的雙手，我想起，這雙手似乎一直都很冰冷。

為什麼明明
我就在你身邊，
你卻不知道
我喜歡你？

其實，我一直期待能有個女孩可以溫暖它，即時我真的對戀愛一竅不通；老實說，我真的很討厭自己這種念舊的個性，跟以前的女朋友分手了，就算她不好，我老是想起她對我好的地方，想起她的笑容，欣惠就是一個例子。

霸主和凱子從不看好我的戀情，他們認為我愛單身勝過女朋友。

但其實不然，我只是希望能找到可以了解我、體貼我的女孩，但顯然我遇不到。

嘆了口氣，我低下頭望著成堆的落葉，心裡不知為何突生感慨。

突然有陣風吹起落葉，我連忙將頭髮按住，照鏡子整理。

「等很久了嗎？嘻。」

我猛然轉過頭，看到郁雯甜甜的笑，陽光灑在她可愛的小酒窩，不禁讓我心跳加速。

她穿了一件翠綠色的圓領襯衫，配上超短的牛仔熱褲，化上淡妝，長髮綁成俐落的馬尾，我看了只能驚嘆：「好正！」

「瑋徹，你穿這樣很好看說，帥爆了耶！嘻嘻！」她蹦蹦跳跳至我面前，輕輕扯了幾下我的衣角，俏皮地笑。

我羞赧的微笑，被這麼漂亮的女孩子稱讚真的挺讓人害羞。

羞赧？我捏了自己大腿一下。周瑋徹，你啥時變得那麼娘砲？女孩子都喜歡MAN一點的男生，你實在有夠娘，你要表現自己的謙虛啊！人家說你帥，你接受個屁，這個都是別人開場白的表面詞而已好嗎！自己爽個屁！

但是，要是回答：「謝謝妳的誇讚。」這樣不是就表明承認自己很帥？這多厚臉皮啊！雖然我真的長很帥沒錯啦。

要說回答：「妳搞錯了吧，我長得很醜。」我幹嘛這樣把屎塗在我臉上？我明明就是大帥哥一枚！

「呵呵……」別懷疑，我就是在裝傻。

「吶？」郁雯摟住我的手臂，甜甜笑說：「人家穿這樣好看嗎？」

媽呀，她好主動。

我開始臉紅，被一個那麼可愛的女子摟住。天啊！我快要噴鼻血了！

不行，我要忍住，感覺到我正享受到女性胸前的柔軟，依我目測，郁雯這樣起碼有C罩杯。

靠！我在幹嘛！凱子玷污我了，凱子，我恨你！

「很可愛。」我終於開了口，她一定不知道我在天人交戰中。

她笑得更甜了，很主動戴上我為她準備的安全帽，吵著去看電影。

一路上，她都緊緊抱著我，我突然納悶，她對每個男生都是這樣嗎？只要是男生載她，她就不管是誰就抱了他？

想到這，心裡突然有悶悶的感覺。

停好車，我一直保持沉默狀態，很難解釋我現在的心態。

「瑋徹？你不開心嗎？」郁雯憂心地望著我。

我在想什麼啊我！還讓一個女孩子擔心我，實在很不應該。

「沒有啦，昨天睡不好而已。」我笑著回應她。

我帶郁雯去看看電影，吃吃焗烤飯。看她俏皮的模樣，我真的打從心底覺得她很純可愛，雖然有時還會有點小任性，不過還在我可以接受的範圍內。

看著手機顯示的時間，下午四點十分，感覺時間過很快。陪女人逛街挑衣服，我一直認為很耗費青春，走路可以走到腳破皮，臉上依舊帶著心滿意足的笑容，真搞不懂花錢可以花得那麼開心。

我和霸主他們去買衣服都是固定同樣的店家買，既不用花太多時間在這沒必要的事情上，其他的時間還可以拿來做很多事，像是打籃球，就是一項很熱血的運動。

這個月荷包又要縮水了，果然跟女孩子出門就要抱著餓肚子的決心，要吃上好幾個禮拜的泡麵提早變木乃伊。

不過，我並不是在思考這問題，而是擔心傍晚的約會。

看郁雯似乎沒有想要回家的意思，跟她撒謊說要做報告總覺得良心不安，但又已經答應翊紘。

倏地，手機響起鬼來電鈴聲，我對郁雯微微笑，走到旁邊接起來。

「阿徹你現在在揮灑青春嗎？」有道奸笑聲從手機內傳出。

各位不用懷疑，就是那個變態凱子。

「老子動作沒你快好嗎？」我刻意將音量壓低，怕郁雯聽到，我就沒有所謂的形象可言。

「哎唷，你果然還太嫩了，要不要我教你幾招？哈哈哈！」

我在想我的朋友怎麼可以那麼下流。

「對了，你要幾點回來啊？」

奇怪這傢伙很少關心過我，突然問我幾點回去，感覺意圖不軌。「你要幹嘛？」

「沒啦！我和霸主要決戰魔獸一個晚上，宵夜要麻煩你啦！別太晚回來！」

我就知道準沒好事。「好啦，反正我應該不會太晚回去。」

講完手機後，低頭順道拉拉衣服，當我轉身，我看到郁雯垂首望著手機，手指迅速地在螢幕上移動，表情有些嚴肅。

看到這情形，我開始亂想了，什麼事情可以讓她那麼專注在手機上？

我搖搖頭，幹嘛想那麼多？她只不過是剛認識的女孩子，又不是女朋友。

我覺得我有點在發春了。

過沒多久，她的手指停下來，重重吐了一口氣，當她抬頭發現我在看她時，她的神情有些慌亂。

「煒徹你……你講完電話了唷？」

「嗯，妳剛剛拿手機在做什麼啊？看妳表情怪怪的。」

「沒有啦，剛看簡訊啦！對了，我臨時有事，必須先走了。」她恢復原先的笑容。

我也不疑有她的回答：「我載妳吧！」

「不用不用！我自己去就可以了，那就先這樣囉！」

不等我有任何反應，她已經跑離我的身邊，到後來連個影子也消失了。

好難解釋現在的感覺，可能真的有急事吧，我想。

突然聽到收到簡訊的聲音，一瞧，是郁雯傳的。

「煒徹，我很抱歉，突然有事，不過今天很開心 :)」

我淡淡的微笑，有種很高興的感覺。我真的覺得，跟她在一起的感覺很舒服。

13

天色逐漸轉暗，離赴約時間還有一段時間，左思右想實在不知道該如何打發時間。要是現在就去台中體育館等人，我也沒有多大的耐性，畢竟個性上本來就不會勉強自己，也可以說是我不喜歡把時間浪費在無意義的等待，不論對象是女孩子、還是欣賞的對象，依舊無法改變我。

「個性過於執拗」是周遭朋友給我的評語，但我卻覺得沒甚麼不好，我就是我，過得快樂就好，自己做事問心無愧也就對得起自己良心，就算有些地方讓少部分的人不高興，我也樂得很，討厭和喜歡本來就不能夠勉強，喜歡我的人可以跟我稱兄道弟做朋友，討厭我的人可以永遠跟我八竿子打不著。這種簡單做人處事的道理一直都是我所秉持的，我不在乎任何人對我的看法。對，任何人都無法改變我。

思忖一會兒，我決定還是去書店看看小說。

我喜歡打籃球，但看書更能讓我的心平和，很多人說看書能增廣見聞，這句話聽起來感覺看書是一件有利益可圖似的，是為了增加自己的知識而去看書，我實在做不來；所以換個角度去思考，我喜歡融入書本的世界，感受作者想要傳達給讀者的點滴想法以及感情，我想這樣就足夠了。

當我將車停定位緩緩走進書店時，在室內角落看到一個熟悉的身影，我不敢相信自己的眼睛，又揉了揉眼睛，才確定我沒有看錯。

「你這小子甚麼時候開始學會陶冶性情啊？」站在那人的面前，我笑著說。

那人手裡拿著一本外國翻譯小說，聽到我的話他頓了一下，抬頭一望，訝異的神情讓我又哈哈大笑，當然我被周遭看書的人狠狠瞪了幾眼。

「阿徹？真的是你？太巧了吧，在這裡遇見你！」他高興的站起身子，舉起右臂，我也舉起右臂，兩人很有默契的互擊。

「好久不見了，想死我了？」

「少噁，回來也不通知我，真不夠兄弟。」撇撇嘴，我步出書店外，他跟在後頭。

「沒辦法啊，出國這種事情都是我家人的決定。今年剛好我爸工作崗位又調回台灣，所以又回來這裡啦！」他露出潔白的牙齒，在陽光的照射下，他的笑容被照耀的過於燦爛，有好幾次我真的很想打爛他自以為很閃亮的牙齒。

「交女朋友了沒啊？哈哈，看你一副孤單老人樣一定沒人要。」

「你還是一樣沒變呢，一樣欠揍。」仰望著天空，我說。

已經上了高中，在這裡能遇到國小同學兼死黨也算是個巧合吧。

他的名字是楊敬華，但他認為這個名字不夠帥氣，就要大家叫他敬哥，但我直接叫他阿敬。不自量力是我對他的唯一評語，因為他既沒有帥氣的臉蛋，也沒有高大的身材，在小學時代他可是一個連一百四十公分都不到的矮冬瓜；但他唯一可取之處就是他那張甜死人不償命的嘴，他就是靠那張嘴追到我們小學的校花，連我這個帥哥都自嘆弗如。

雖然是同班，但我本來就是屬於沉靜型，很少跟其他同學打交道，更不用說跟這個做事一向很高調的傢伙相處融洽。

記得某一天，他匆匆忙忙跑到我身旁，那時候我只是很安靜的在座位上看書，連搭理人都嫌太懶，他甚麼話也沒說就直接伸手拿我抽屜裡的衛生紙，又急急忙忙跑走。

我這個人最恨就是甚麼話都不講，就直接拿走屬於我的東西的人，所以冷著一張臉，我跟在他後頭跑，直接揪住他的衣服，狠狠揍一拳。

「拿個東西不用開口問主人？」我冷冷地望著半坐在地的楊敬華，欲伸手拿回我的東西時，他卻死命的抓住。「你這小子。」

他喘了喘口氣，兩眼直視著我，淨是懇求：「對不起，拿你東西是我的錯，但是阿光剛剛不小心被籃球打到鼻子，鼻血一直流，我衝回教室只看到你有衛生紙。拜託，現在先讓我拿過去，事後我讓你揍幾拳都沒關係，也會再賠你一包衛生紙！」

默然，我低著頭不說話，楊敬華起身從我旁邊跑過。

為什麼要讓他走？這句話一直徘徊在我的腦海裡，過了許久我才給自己充分的藉口來解釋：我是成熟的人，不可以使用暴力，就算再怎麼生氣，事後可以讓我揍到爽也蠻划算的。

當然，經過這件事之後，楊敬華不知道是不是吃錯藥，還真的乖乖站在我面前，說任我打到爽為止，就閉上眼睛等著我下手。而我又是那種氣沒多久就可以消的個性，所以我沒搭理他，只是繼續看著書。

往後他每天每節下課都來找我聊天，看著他像個白癡似的嘴一直講，漸漸地我對他的敵意也消散去，也開始會回答他問我的問題。

「欸，阿徹你考幾分啊？」楊敬華拍拍我的桌子說。

「矮子。」憑著我身高一百五十五公分我認為我有資格笑他。

「啊勒，長大後我一定比你高很多啦！哈哈哈，到時候換我這麼說你就不要哭。」

他攤開方才考試完的考卷，三十分，這種成績還敢拿出來炫耀，我從抽屜裡拿出自己的的考卷給他看。

他看到我的考卷就不發一語，又看看自己的三十分，說：「真好，真羨慕你有那麼好的頭腦，平常看你都在看故事書，還能考那麼高，真好啊。」盯著紅筆大大寫上九十五的數字，他嘆了很大的氣。

「是小說。」我解釋，故事書感覺像小鬼才會做的事。我將桌上的鉛筆收進書包說：「與其羨慕，還不如多多努力用功念書，停在原地甚麼事都做不成，我也沒有你想的那麼聰明，每天上完課晚上我都會複習上過的部分，所以我才不用花那麼多時間準備考試。」

「我從以前就覺得阿徹你好成熟喔！」楊敬華坐在我前面的座位上，兩眼盯著我說，「跟我們班上其他的同學比起來，你感覺就像個國中生。喔，不，應該說像高中生。」

「那還真是多謝誇獎了。」我微微笑地說。

聽他這樣講我不意外，每個人對我有甚麼感覺或意見，都不會像楊敬華那麼大剌剌脫口講出來，很多人在我背後竊竊私語說我的不是，其實我是知道的，只是裝作無所謂，但楊敬華總會為那些說長道短的話而生氣，經常替我說好話。雖然我覺得他不需要做到這樣的地步，但心中仍是很高興有他懂我。日子久了我也把他當作知己看，因為我很喜歡他這種直率且重視情義的性格。

升上小學六年級時，楊敬華突然要轉學了。因為他的父親要到海外工作，不放心家人獨自在台灣，所以阿敬要一起搬走。我不記得當時聽到這個消息是甚麼感覺，只知道他只說句會記得我的話，就頭也不回的走了。

不能阻止他，我知道自己根本沒辦法說出那種任性的話，儘管我真的已經習慣有這個朋友的存在。

接下來的日子我又恢復到昔日那冷漠的模樣，但心裡還是很想念那個熟悉的打鬧聲。不過可能是因為阿敬的影響，我上了國中後也比較能和班上同學打成一片，也有了比較要好的朋友，我想這都要歸功於他吧！

如今歲月的流逝，升上高中還能見面，是件很難得可貴的事。

「要敘舊嗎？兄弟。」他故意挑一下眉，十足欠揍意味。

「少自以為了，晚上來我租屋的地方吧，介紹兩隻畜生室友給你認識。」

我看時間快六點了，把頭髮抓了又抓，還有要見的人呢。

「我現在要去約會，把你的手機號碼留給我吧，回去前我會去接你的。」

「咦？你住外面？」他臉神有些疑惑。

「我喜歡自由的感覺，剛好又有兩隻愛自由的畜生和我合租一層家庭式套房，我家人也不怎麼管我，所以大概就這樣。」就算是朋友，我也是盡量避談家務事。

彼此道別後，我就趕緊催油門到台中體育場。時間還算充裕，只不過我習慣要有十分鐘的緩衝時間才安心。

幸好我到達時翊妘還沒有出現，我才稍稍鬆了口氣。我將被安全帽壓扁的頭髮重新用手整了整，還是帥氣滿分。

不知為何，今天的我感覺特別累。揉揉雙眼，想起凱子說要和霸主通宵玩遊戲，我再怎麼疲倦想睡也都會被他們所謂「英雄的怒吼」給吵到睡不著，為了一個線上遊戲徹夜吼來吼去，實在有夠吵。不過幸好今晚阿敬會來，那兩隻畜生應該會有所收斂才是。

今晚應該比較好入眠，想著想著，我淡淡地笑了一下。

「什麼事情讓你對著前照鏡一直傻笑呀？」

14

轉過頭看，翊妘微微笑望著我，手裡拿著兩罐飲料。

「咖啡可以嗎？」

我點點頭，接過飲料然後就直接喝了起來。

「感覺你好像精神不太好，咖啡可以幫你提提神。」她晃晃手中的罐裝咖啡，低頭望著地上，眉頭鎖很緊，眼睛感覺很用力閉上又睜開。

我走到她面前，用空出的一隻手按摩她的太陽穴，說：「做報告還是要顧好自己的身體啊，回到家冷、熱敷交替雙眼，懂嗎？妳感覺比我累呢，傻瓜。」

她只是淡淡的微笑，細長的手指輕輕推一下眼鏡，說：「早點把報告做好，這樣才能早點放心，放心和你出去。」

我沒說甚麼，只覺得很不可思議，看到她的笑容感覺疲憊正慢慢消退。

我載翊妘去比較大型的書店，只見她在每個專區專注地挑書，我也不好打擾她，就隨意拿一本雜誌到靠近落地窗旁邊的空位坐下。但此時也沒有甚麼想看書的興致，我只是默默望著窗外的景色，從七樓看下去的景致格外迷人，霓虹燈不斷地閃耀，此時我的心情很平靜。

室內播放著旋律優美的古典樂，樹立在各個區域的櫃子擺放了各式各樣的書本，明亮的燈光將每人專注看書的神情照耀得如此動人。望著翊妘細細翻閱著書本，我開始想像她拿下眼鏡會是怎樣的模樣，但這個想法沒有持續多久，手機倏地響起。

走至外頭，我拿起手機看，是霸主打來的。

一下是凱子，一下子又是霸主，這兩個傢伙是不是吃飽太閒，感覺他們套好要隔段時間交替打電話給我似的。

「喂？有何貴幹？故意亂我約會是不是啊？」

手機另一端很吵雜，似乎有很多人的笑聲，大概持續五秒，嘈雜的聲響突然停止，皺著眉頭，我完全搞不清霸主他們在搞甚麼鬼。

「喂？霸主你怎麼不出聲？」

「你人是不是在一中街的書店？」霸主突然沒頭沒尾地發問。

「是啊。」我回答，但又想想不對，我又沒跟他講說今天約會的地點。左顧右盼，沒有發現熟悉的身影，皺了眉，我狐疑地問：「怪了，你怎麼會知道？」

「阿徹你相信世界上有神嗎？」

「不相信。」我連世界上有鬼這理論也打死不相信。

「這時候你要接話說相信啊！」

「然後呢？」

「快說相信！」

真不知道這傢伙在堅持些甚麼。

「喔，我相信。」其實我覺得應諾他是件很蠢的事。

「嗯，我就是神。」

有沒有想扁人的念頭？

我決定不跟一個啟智班的兒童說太多話，以免我的高智商的腦袋被他污染。手指很順手滑至拒聽鍵，他那自以為是的聲音也跟著停止。一開始就順著他的話講根本是我的愚蠢，憑我早已了解畜生之道，怎麼會不懂他那顆已腐壞的腦袋在想些甚麼？看來我還需要多加研究。

原本打算走進書店，手機又再度響起，看了一下，又是霸主。

冷笑，手指很自然的按下拒聽鍵。

大概過三秒，手機又響起，這傢伙真的很閒，我慢條斯理地接起來：「你相信世界上有那種講話很智障又自以為很幽默的畜生嗎？」

「你在說我喔？」霸主說。

「虧你有先見之明，看來你還不算是白癡嘛，還會很老實的承認。」

「因為我覺得這是在誇獎我。」

果然我又有股衝動想馬上掛他電話，你不能想像長期跟這種少根筋又愛叫囂的傢伙相處在一起，沒發瘋也會變成精神異常，還好我資質算不錯，沒被畜生感染到。

「所以，你打電話過來只是想跟我說這些？沒事我要掛電話了。」

「好啦好啦，你往上看。」

往上看？我抬頭望一下，瞳孔瞬間放大，竟然看到霸主正坐在一家咖啡店三樓靠窗的座位，他正對著我使盡揮手，身旁有一群男生，感覺都是生面孔，但我沒留意很久，我只覺得要是回應他丟臉會是我。

是的，我假裝沒看到。

正準備走進店裡找翊妘，後頭有個我不想聽到聲音正大吼著：「阿徹！我在這裡啊！快轉過頭看看我啊！你怎麼會沒發現我！」

所謂的想找洞鑽，就是類似像這樣的情形吧！

我不是笨蛋，所以我很冷靜衝進書店裡。要我在外頭招惹路人眼光實在很難為情，回去後一定要好好修理那傢伙，順便盤問他看到了些甚麼。

嘆了口氣，還是先去找翊妘吧，說不定她正煩惱著找不到我。

往左側的通道走，沒發現她的身影，奇怪，她剛剛明明還在這看小說的啊。我又走去別的區域找，發現不遠處翊妘佇立於童書區正翻閱一本繪本，臉上帶著淡淡的微笑，似乎很樂在其中。那種表情充滿著滿足、幸福，望著望著，我覺得這樣的她很美。

似乎這樣一直盯著她看感覺也不會膩。

「不好意思可以打擾妳一下嗎？」有位長相斯文的男生向翊妘搭話，這該不會就是所謂的搭訕吧！

「可不可以做個朋友呢？我剛剛一直注意妳。」

她放下書本，視線卻是朝著地板，似乎顯得手足無措。

「這是我第一次和女孩子搭訕。」他靦腆的抬手摸摸頭，說：「但是我從第一眼看到妳就覺得不認識妳會很可惜，感覺妳是個很特別的女孩。當然啦！我只是純粹想和妳當朋友，我有這份榮幸嗎？」

這一副就是老手樣，說得倒好聽，明明就是看翊妘好欺負就上前虧她！我心裡不斷咒罵著。

當男人帶女人出門，身邊的女人還被其他男人搭訕，這根本是恥辱！簡直就是在示威自己比女人身旁的男人還優越，也可以說是在考驗男女之間彼此的感情。不過，我好像一直都讓翊妘一個人看書，沒陪在她身邊，所以不算前者吧，但重要的在於後者因素，我也說不上來對她的感覺，記得對她的第一次印象，一個像浮雲般不可褻玩焉的天使，既溫柔又善解人意。

那她對我的感覺呢？她是怎麼想我的？

「嗯……對不起，我……我不知道怎麼回應你，只能說……對不起。」翊妘用一個很淡很淡卻無奈的笑容回應他。「我在等人，不好意思。」

「沒關係，我不會勉強妳的。」那人搖搖手，笑著說。

望著那男人走遠，有種五味雜成的感覺在我心中滋長，高興翊妘沒有接受他的搭訕，但是卻從那個男人身上看到落寞，似乎看到我當初對欣惠也是這樣的道歉，也是那樣的無奈。

自從那次與欣惠分手，說不快樂是騙人的。我一直在自責，即使我一直讓大家覺得我的日子還是過得很愜意，但心裡頭對欣惠就是有份愧疚。雖然個性上不是說很合得來，但也相處一段不算長不算短的日子，總會習慣。

習慣真的是很可怕，它會使我不斷想起有另一半的關心、陪伴。我很清楚自己其實很不耐寂寞，但只能拚命克制自己不要亂想。或許我真的必須要習慣一個人，即使遇到了有點在意的女孩子……

不敢再胡思亂想，我走到翊妘的後頭，微微笑地拍拍她的頭說說：「辛苦妳囉！」

她轉過頭望著我，面頰有著潮紅，講話有些支支吾吾：「你看……看到了？」

我點點頭。

像是鬆了口氣，她對我俏皮吐吐舌頭說：「我最不會應付這種狀況了，常常都因為我講錯話害得彼此都好尷尬喔！雖然他人感覺很好，但剛剛好像傷到他了。」

「那要我幫妳叫住剛剛那男生，說妳願意跟他當朋友嗎？」我揶揄道。

「過分耶！剛剛也不幫幫我，真壞心。」鼓著腮子，她翻翻白眼。

「我這不就來了？」我笑著，「事後的安撫也是個很重要的工作呀！」

覷一眼腕錶，發覺時間有些晚，我就載翊妘去附近的簡餐店填飽肚子，話題圍著看過的小說和作家打轉，還會聊聊在學校的趣事。和有著同樣興趣的人相處起來特別融洽。

聊了很多，不知不覺已經晚上九點半，翊妘的注意力似乎也有點渙散，那麼疲倦了也應該早點回家。

走到停車的地方，我打開車箱拿了頂安全帽她，指著後座道：「上來吧，不要勉強身體，我載妳回家吧！」

她拚命搖搖頭說：「不用啦！我可以坐公車回家。」

「看妳那麼累，我怕妳坐公車會坐過頭，呵呵！」我戴上自己的安全帽，發動引擎。「有免費的司機不用會很浪費喔，我會載妳平安到家。放心，只要妳給我的住址是正確的話。」

「煒徹，謝謝你。」

翊妘的家離台中一中不算遠，大概只有十分鐘的車程，後座的她刻意和我保持一個空位的距離，其實表面上我泰若自如，心裡卻是覺得有些悵然，但我選擇忽略這種感受。

15

送翊妘回家後，我馬上打給阿敬，他說他等我的電話等到茶不思飯不想的地步，我說狗屁。調侃幾句之後就去阿敬家裡接他，想起還有兩隻家禽待在家玩電腦打通宵，我決定要好好敲一筆竹槓，原本幫凱子買的宵夜炒麵兩份一百二十元，還順道買了我自己的一份和阿敬的，所以等等回去我要討回二百四十元，讓凱子知道使用者付費這個道理。

「不知道你那兩個室友長得如何？」阿敬問。

「要是有一百個人站在這，你只要看誰長得像家禽誰就是我室友，這樣懂嗎？」

並不是我故意洩霸主和凱子威風，只是這是個慣例，像如果是凱子介紹我們給他的朋友，他的講法更讓人不恥。

「這位是淫蕩王國超級偉大的國王，阿徹；另一位是淫蕩王國第一人妖的皇后，霸主。」

你覺得這樣有比我的嘴賤嗎？

至於霸主介紹的方式比較委婉，但大部分他會針對凱子介紹，因為凱子的思想是三人之中最淫亂的。

停好機車，我和阿敬上了三樓，一打開門，我就看到霸主和凱子坐在客廳的沙發看電視，他們只穿著四角褲，手裡都拿著一罐易開罐啤酒。

「宵夜、宵夜、宵夜！」他們兩人齊聲道。

我將車鑰匙放在桌上，伸手跟凱子要錢。而阿敬跟著我走進來，就直接對著他們兩個人說：「你們好，我是阿徹的男朋友楊敬華，請多指教。」

我有聽錯嗎？男朋友？

「你剛聽到了嗎？阿徹的男朋友耶！」凱子一臉驚恐樣，拉著霸主叫：「原來宿舍之狼是阿徹！我們跟他相處在同一室很不安全！我終於知道他的目的了，先跟我們住在一起讓我們放鬆戒備，等到時間成熟的時候再下手。」

「原來阿徹是個同性戀。」霸主喃道，「說不定他的衣櫥裡面藏著我們的裸照。」說著說著，他們就抱在一起假裝痛哭。

兩個智障兒。

挑眉，我走過去給阿敬一個上勾拳，說：「老子喜歡的是女人，想要特別一點的自我介紹不需要拉我下水好嗎？」

「哈哈哈！你不覺得很有趣嗎？」阿敬大笑。

我開始覺得眼前的三個人是同一掛的。這玩笑我一點也覺得不好玩，但眼前的三人可以為此是笑得有些瘋癲，我開始捫心自問，我是不是上輩子欠他們太多，這輩子投胎來還債？不然我的死黨們怎麼都是這種類型？

走回自己的房間，我想他們應該不用我居中協調也可以處得很開心。我將電腦開機，想著今天所過的一切，是如此的美好，淡淡笑了笑。我登入即時通訊，線上的人數不多也不少，可能是因為明天要上課吧，覺得有些無趣，旋即又將電腦關機。望了望牆上的時鐘，搔搔頭，今晚早點睡好了，阿敬應該可以自己回家，因為他的新家其實距離我所住的地方不算遠，要不就拜託凱子和霸主送他回家吧。

我拿著衣服正準備走進浴室時，看到霸主站在浴室門口前，一臉嚴肅的表情。

「怎麼了？」我疑惑問。

霸主拉著我進他房間，坐在床上嘆口氣，大概頓了幾秒，他開口：「想聽聽你的意見。」

很少看到霸主這樣的表情，我坐在椅子上，好奇問：「發生什麼事？」

「傍晚我在一中街那邊你應該知道吧！」

他不說我也差點忘記他怎麼會在那邊，也差點忘記他害我險些出糗。

「那時候我跟一群朋友約在咖啡廳，因為他們是別校認識的，所以我們就聊聊彼此的近況。但其中一個朋友，他說他認識柯佳綺，我聽到就很激動，想問他柯佳綺的事情。」

霸主說到這，臉上浮現一種我不知道如何解釋的複雜表情。

「他說，柯佳綺在他們學校很有名，畢竟她真的長得很漂亮，有追求者跑到我們學校堵她，希望能和她交往，但柯佳綺卻回答他，她沒有喜歡的人，但也不想輕易接受別人的感情。」

我不知道霸主對柯佳綺有那麼大的執著，一時之間我也不知道該如何安慰他，所以我選擇沉默。

「其實，有件事情我都沒跟你和凱子說。」他低著頭，用只有我和他才聽到的音量說：「我和柯佳綺已經交往了。」

霸主這句話在我腦海裡迴盪不已，久久揮之不去。霸主和柯佳綺交往！這件事情太令人震驚了，想當初霸主還一臉害羞叫我幫他鑑定情書，當時我還以開玩笑的口氣調侃他，沒想到他現在交往的對象是……

但柯佳綺說沒有喜歡的人，那霸主對她來說是甚麼？一時我也迷糊了。

「很可笑吧，這種話我還是從別人口中聽到，當初我不斷追求她，鼓起勇氣跟她告白，她的表情明明是很開心的，是很願意去接受我的，但又為何這樣講？給別的男生機會？說不輕易接受別人感情。那我呢？到底算甚麼？」他沮喪地說著。「原本我想放在心裡，想試著忘記這些話，但我做不到，雖然我們交往時間沒有很長，但我是真心真意的。」

「霸主……」

「我真的對她用情很深，希望她也能夠真心對我，就算她常常要跟她朋友們出去逛街而推掉我們的約會，我也會欣然接受，我希望她快樂。就算她常要求我做些事情，我也甘之如飴，只要她在我身邊，再苦我都願意。」說著說著，霸主有些哽咽。「阿徹，告訴我我該怎麼做好不好？」

「那你直接跟她對質吧！」我嚴肅地說，「我是不知道你們是怎樣相處，或許你真的很喜歡她，但在我眼裡看來你在這段感情並沒有擁有快樂和幸福。如果說她真的喜歡你，就要給你一個滿意的答案。霸主，你還有我們，你並不是一個人，不要被自己的困惑壓到喘不過氣，有的是朋友為你擔。」

霸主默默地點點頭，我知道他已經聽進我的話了。

我笑著拍拍他的肩說：「不要再煩心了。」

他對我微微笑，轉身走出房間，跟凱子和阿敬嬉鬧，像是沒發生方才那件事情似的。而我說完後，去洗個澡，感覺到精神有些不濟。我走到他們的臥室，看到三人很專注在玩魔獸，還吃著炒麵，說：「明天不是不用上課喔！現在很晚了還不打算睡？」

「明天一整天都要考試，隨便把考卷寫寫就可以趴著睡覺，幹嘛要早睡？浪費青春。」凱子沒回過頭，一邊吃炒麵，一邊按滑鼠鍵盤。

像這位全班倒數第二的傢伙說這話我也沒辦法勸說些甚麼，所以我放棄爭辯，看向阿敬和霸主說：「你們還是不要打通宵，凱子是沒救了，但你們是國家未來棟樑，怎麼可以被未來是乞丐的傢伙拖累？」

「呿，你又知道我是乞丐噢。告訴你啦，我未來志向是當小白臉，找個多金的正妹是我的夢想。」

「多金的正妹？那應該很多地方都有整形過吧，像是臉蛋啊、胸部啊。」阿敬哈哈大笑。

「至少帶出去有面子。」

「有女朋友的人還敢這樣講？」我故意說。

「才說是個夢想啊，一個不可能實現的夢想。」他對我比了一個中指又繼續玩。

我轉過頭看著阿敬：「你要回家了嗎？怕你家人會擔心，我可以叫霸主載你回去，我有點累了。」

他聳聳肩說：「其實沒差啦，我爸很少回家，都在外頭工作。我媽知道我是來找你也沒說些甚麼，現在我還不打算繼續讀書，想先打打工，等我想讀書再繼續升學，所以我是打算今晚睡你這。」

我點點頭，表示沒有任何異議。看著阿敬身後的霸主，眼神似乎有些黯淡，我知道自己也不便再說些甚麼，轉身就回自己的房間去。

或許，今晚有人會很難入眠。

16

早上的考試果然讓我有些苦不堪言，望著桌上的考卷，密密麻麻的題目搞得我眼花撩亂。不是題目看不懂，而是有些疲倦。昨晚並沒有如我想的睡得那般香甜，隔壁房的叫囂聲和歡呼聲不絕於耳，即使我將頭整個埋進被窩裡，聲音依舊沒降低的跡象。

昨晚大半夜，我眼睛冒著血絲，起身走向隔壁房，看到凱子和阿敬窩在電腦前死盯著螢幕，也沒注意我的來到，而霸主在我回房間沒多久也回他自己的房間。

「成事不足，敗事有餘。」這是我當時腦海裡浮現的一句話，把考試這件事當屎就算了，還不想想看現在是深夜，有人已經在睡覺，還那麼白目吵鬧，要是惹到房東衝上樓來那可就不好玩了。

「雙殺！凱子你真強！」阿敬興奮大叫。

看的出來凱子鼻子仰很高，這種人禁不起別人捧他高，還會變得很自以為。

「哼哼，別小看織田信長的威力，只要老子先殺陣，無一僥倖者！」凱子裝作豪邁樣說，「霸主這傢伙也真是的，說好要一起打通宵，考試又不重要。」

「霸主又不是你，倒數第二名的，你們知道你們講話太大聲了嗎？」我站在門口，冷冷地說。

阿敬立刻跟我道歉，而凱子吹著口哨，看得我氣到衝過去扁凱子幾拳。

拿起筆，在紙上寫了一大堆算式，我想今天考試的成績應該不會好到哪裡去，重重嘆了口氣。

瞥向旁邊坐位，霸主低著頭緩緩寫在紙上，但我看到他的眼神，知道他還在想著柯佳綺，知道他還在為她傷神，我默默收回視線。

我該怎麼幫霸主？雖然這是他的家務事，但當那麼多年朋友了，看到他為此煩惱我也不忍。如果我多管閒事會不會弄巧成拙？我真是想不透當初在期刊社所看到的俏皮女孩竟然是這樣，她這樣做的目的到底是為了什麼？專門玩弄男生對她的一片心意？還是霸主根本會錯意，其實柯佳綺根本沒答應跟他交往？

有太多因素存在了。

突然間，有個打呼聲打斷我的思緒。我的視線往前看，凱子果真睡死了，對他來說考試根本是個屁。

或許我不該再想東想西，霸主的問題還是只能靠自己去解決。如果他本人都不行動，我這外人去干預那就有點太超過了。

這麼想著，我的心裡好過多了。

「快衝過去秒殺他！衝啊！」

在這既嚴肅又安靜的教室內，凱子的夢話格外清晰。台上的老師臉上劃下三條黑線，朝凱子走去。

願上帝祝福你，凱子。

17

又到了往常社團活動的時間，我、凱子和霸主走向期刊社的教室，凱子一路上哼著不成調的曲子，我知道他相當期待去教室顧眼睛，而霸主一直都是沉著臉，只是多了緊張感。

一打開前門，我環視整間教室，人數明顯少了一半，也沒瞧見霸主最在意的人。我輕拍霸主的肩膀，他默默看向我，流露出無奈與失望的表情。

「奇怪，人怎麼會那麼少啊！好失望喔！」凱子少根筋的發言，讓我忍不住偷偷踢他一腳。

「你幹嘛啊？」他困惑地問。

剛好這時阿鴻老師進門，凱子懶得理我，馬上衝到他面前詢問：「老師，怎麼人一下少了一大半？是不是發生什麼事情？」

阿鴻老師放下資料夾，微微笑回答：「喔，是這件事啊。有些人對這社團沒興趣，就跟我申請退社囉！」他看似不在乎，我卻發覺他的眼神有些落寞。

自己帶領的社團人數減少那麼多，不論是誰都會覺得很失望吧。

「老師，那……那柯佳綺有跟您申請退社了嗎？」許久不開口的霸主，沉聲問道。

阿鴻老師頓了一下，翻閱桌上的資料夾，眼珠子轉又轉，像是在思考般，才回答：「嗯，柯同學昨天有來我的辦公室說她打算要退社，不過她的退社申請單還沒交給我，所以還不能算辦好退社。」

霸主像是被揍一拳似的，呆愣了幾秒鐘，回過頭用顫抖的聲音對著我說：「她想要躲我，阿徹，她想要逃離我……」

「別這樣，你冷靜一點。」我抓住霸主的肩膀，用力搖晃著。

凱子一臉搞不清楚狀況，還少根筋對霸主開玩笑說：「你幹嘛一副世界末日的表情啊？天涯何處無芳草，你只不過寫封情書給她，反正追她的男生一大堆，輪不到你啦！她來不來社團也跟我們沒關……」

我心中正暗罵凱子講話白目時，霸主掙脫我的手，一拳就狠狠招呼在凱子的左臉上。看到這情形，我整個愣住了。霸主一向很溫和，就算怎麼跟他開玩笑，他也只會作勢要揍人，其實都只是鬧著玩，沒想到這次正中他的地雷點，凱子似乎也跟著發火了。望著他們雙方相互揮拳，我急忙拉開盛怒的霸主，阿鴻老師也拉開凱子，喝斥道：「幹什麼！有必要動手動腳嗎？兩個人都到我的辦公室！」

整個教室充斥著緊張的氣氛，他們兩個低下頭默默隨著阿鴻老師走，我只能佇立在原地，不知道該如何是好。想起凱子當初的反應，他應該是不曉得霸主和柯佳綺交往的事情，如果知道也就不會發生這種事了。

等到他們兩個回到教室，已經是放學時間，凱子一進門就拿著背包往外走，連說聲再見都不肯，而霸主只是沉默的坐在座位上，收拾書本和講義。

我嘆了口氣，靠著霸主的座位說：「你應該也跟他說的。」

聞言，他的雙手停頓幾秒，又開始繼續整理，沉聲道：「我沒有想那麼多，只是想先跟你說而已。至於他，或許是我的錯，沒有跟他說這件事情，才會讓他……」

「那學校的處理是？」

「我是跟老師說是因為小事情發生口角，而他，也附和我的話。阿鴻老師人還蠻好的，說不會記過，希望我們好好溝通，所以他沒有向學校報告我們的事情。」他苦笑說。

等到我們回到家，凱子的房門深鎖著，無論我怎麼敲門就是沒人回應，但我知道他在房間內，因為裡頭常傳出丟東西的聲響。我勸霸主去跟凱子談和，但他只是淡淡搖頭說：「讓我和他彼此冷靜一些吧。」

後來這幾天，他們兩個都沒有講話，連問話都沒有，搞得我跟他們都要私下分開來講話。上課的時候，凱子也不像往常嘻皮笑臉轉過頭跟我和霸主聊天，他雖然也沒多專心在上課，但是至少還知道老師在教哪科，而霸主是認真的在抄上課筆記，跟先前偶爾三人聊天的態度也有些不一樣，只是一味專心上課，連我都不太搭理。

我曾打電話問阿敬該如何處理這樣的事，阿敬只是沉思了幾分鐘，回答我：「你不要插手，他們會自己處理。」

面對這種情況，我整個感覺渾身不對勁，也不知道怎麼化解他們之間的冷戰，所以只能默默夾在他們兩個之間，做個夾心餅乾。

直到有一天晚上，郁雯打電話給我，當時我正在房間閒閒上網，看到是她的顯示來電，我打起精神接起來。

18

「哈囉，難得妳會打給我呢。」

「難道沒事不能打嗎？」她揶揄道。

「可以，可以，再忙都會接妳電話。」我笑笑回答。

「其實呀，我最近都有在練習做餅乾，不小心做一大堆，我的姊妹們都在減肥，餅乾太多不知道該怎麼處理。所以囉，想說男生都是大胃王，就打給你希望你能來我家把這些餅乾解決掉。」她說。

「妳做的餅乾應該沒下毒吧！哈哈。」

「才怪！說不定你吃下去就停不下來，求我再繼續做美味的餅乾給你吃！」感覺她在電話那一頭吐舌頭。

我看一下手錶時間，九點整，也差不多該去洗個澡了。

「好啦！那什麼時候要給我美味的餅乾？」應該這時候沒人會跟我搶浴室吧。

「齁！都沒認真聽我說話，現在啦！馬上來我家拿呀！熱騰騰的喔。」

洗完澡之後再來整理一下房間好了。咦？她剛說什麼？

「妳說，現在去妳家拿餅乾？」

「是呀！」

「可是我不知道妳家在哪呀！」

「你先去台中一中門口，然後再打給我，我再指路給你。」

「不好吧。」

「什麼不好？」

「一個大男人單獨去女孩子家，孤男寡女共處一室。」

別怪我想法太過於傳統，我總覺得一個男生到一個女生家是別有用心的，我不認為這是個機會，更何況郁雯跟我認識也沒有很久，我也怕她對我的印象會變差。說實在的，男人都會注重自我形象；還有，我秉持著一個理念：我是個正人君子。

「誰跟你共處一室，我還有朋友在我家，我爸媽也在家。更何況，給你餅乾不用特別讓你進門吧，讓我家人誤會也不好。」她嘻嘻的嬌笑。

「好吧，我現在就出門。」

掛完電話，我趕緊換個裝，輪流去霸主和凱子房間問要不要吃宵夜，通常如果是我出錢，他們兩個一定舉雙手同意，但冷戰後兩個人也很一致都婉拒我的好意。老實說，省一頓宵夜我心裡很爽。

騎車騎了一段時間，又加上電話中郁雯的指路，到她家時已經是晚上十點鐘。雖然是來到正妹家，我卻完全沒有興奮的感覺，因為早起的關係加上居中在那兩個畜生間調協很累，我現在是滿臉倦意。

看到她從家門內出來，我努力打起精神看著她，不禁失了神。她穿著粉紅小兔圖案的帽T，搭配帶有點深褐色的褲襪和棕色的雪靴，臉上有略施淡妝，頭髮綁成俏麗的馬尾，在夜燈的照耀下顯得閃閃動人。

抓抓頭，我有些困窘的說不出話來。

「煒徹，你先吃看看好不好吃。」她手裡拿著一包愛心形狀的餅乾，外面有著閃亮的星星包裝紙，對我燦爛一笑。

我點點頭，小心翼翼的拆開包裝紙後竟然聞到我從小最討厭的杏仁味，看向她一臉期待的眼神，勉強咬一小口，倏地我有種想吐的念頭，濃濃的杏仁味令我作噁，我很不喜歡杏仁的味道，就算這餅乾再好吃，只要聞到杏仁的味道，我就會不舒服。

望著她一臉迫不急待想知道結果的表情，我不知道該不該說出我的感受。但我知道，一個女孩子做餅乾就是想要得到認同和讚美，要我當著她面前吐掉實在很殘忍。

「嗯，超──好吃的，妳的手藝不錯呀！」我忽略身體在跟我抗議，硬是把整塊餅乾吞進去，對她撐起一絲微笑。

我不忍傷害她，所以我選擇說謊。

「真的嗎！既然你喜歡吃，我這邊還有很多喔！喏，這一整包都送你吃，要吃光光喔！這些都是人家的愛心。」她開心的將整包杏仁餅乾塞進我懷裡，還在我面前開始數著手指頭盤算：「這幾天我應該都會練習這種口味的餅乾，我很多朋友不是減肥就是討厭杏仁，還好有你在，不然感覺丟掉好浪費喔！我會努力做得更好吃，所以這幾天你可要好好捧場喔！」

我真的很想直接跟她說我也很討厭杏仁，但是看她一臉開心的模樣，原本要說出的話又頓時吞進去。

「這是當然的啊！時間也晚了，隔天還要上課，妳也早點休息吧！」我抑制自己想當場吐的感覺，勉強開了口。

「好，你也是喔！」

到家時，我的意識已經開始模糊。一開門，我就馬上衝進廁所狂吐，但在吐的同時我心裡又覺得慚愧，感覺我正在糟蹋郁雯辛苦做出來的愛心，但我實在克制不了。

她認識的人應該也很多，卻唯獨找我來試吃餅乾，還打扮得漂漂亮亮，我應該要感到相當榮幸才是，但是要我再吃剩下的餅乾我真的會受不了。

「你怎麼吐成這樣？」凱子站在我身後，拿幾張衛生紙遞給我，關心問道。

我接過衛生紙擦拭嘴巴，喘了幾口氣，才無奈回答：「吃到杏仁餅乾啊。」

「什麼！你不是最討厭吃嗎？怎麼還會去吃？你懷裡那一大包該不會就是罪魁禍首吧？這麼想不開喔。」

我盯著懷裡好半晌，才將那一大包餅乾塞進凱子手裡，說：「女孩子送的，不吃感覺對不起她，這包就交給你解決了，後幾天還會有這餅乾，到時候就靠你了。」

他看了我一眼，拍拍我的背，告訴我早點睡之後，就走進房間了。後幾天郁雯都會特地來我的班級送餅乾給我，而我一口都沒吃，直接放在客廳，隔天餅乾都會消失無蹤。

我知道這是凱子特有的體貼。

19

天氣逐漸轉涼，中秋節也即將來臨，阿敬跟我約好要去附近的空地烤肉，要我也約凱子和霸主，但是他們經過幾個禮拜還是沒什麼談話，這樣一邀約應該會尷尬起來。

若烤肉當天只有一群男生的話感覺也有些單調，我拿起手機開始查詢電話簿的女生列單。老實說，我也不知道該邀請誰，長期都跟男生廝混，想找些女生調和氣氛也頓時手足無措，在我思考老半天時，手機倏地響起，一個熟悉的名字浮現在螢幕。

「喂？煒徹，是我。」充滿甜膩的嗓音從另一端傳出，我不禁微微笑。

「好久不見了，欣惠，妳最近過得好嗎？」

相信各位一定忘記這號人物是誰，請翻閱最前面的故事內容。

「還不錯，你呢？」她輕輕地笑著說。

聽聲音感覺起來已經恢復昔日的活力，雖然當初傷害了她，但彼此不適合，勉強繼續在一起只是徒增痛苦，她感覺起來比以前還來得成熟多了，已經不是當初死賴在我身邊，任性要求我做東做西的大小姐脾氣。

她跟我說她現在正和一位很好的學長交往，也學會給對方空間和體諒他人，也對我說聲抱歉，覺得之前的交往態度不是很好。我知道她現在的想法已有所成長，知道什麼是該給的，什麼是不該強求的，聽到她已經找到屬於她自己的幸福，我由衷地為她感到開心。

「對了，中秋節我們幾個大男人要烤肉，妳要不要帶他一起來烤肉？順道帶妳認識的幾個女生來，會比較熱鬧。」

「我可能要先問家祥的意見，他很隨和，你不用太擔心。至於我的朋友很好找，放心啦！」她笑笑說。

和欣惠約定過後，女生該找的也找齊了，我輕吁一口氣，穿上薄外套就出門。發動機車時，我也沒特別想去哪個地方，只是想到處晃晃，當回過神來，我已經站在電影院前佇立很久。

我很少這樣漫無目的的出門，我也搞不清楚我來電影院的原因為何。

或許我只是單純想來看電影，單純享受一個人的自在。

知道自己的前女友很幸福就夠了，不是嗎？還是我只是想證明我一個人其實也可以過得很好？

我的確很幸福，一個人的幸福不用很複雜，也不需要在意雙手的溫度是否溫暖。只是這種幸福無拘無束，真的是我想要的嗎？

我搞不懂，也不想搞懂。

一個人坐在電影院中間的坐位，看著劇情片，很專注地看。就算聽到身旁幾對情侶的打情罵俏，我也裝作沒看到、沒聽到。待電影結束散場時，人潮散去後，我才起身離開電影院。

我一點也不在乎愛情。

也不想承認現在的自己很寂寞。

20

到了中秋節當天，阿敬一早就打電話給我說中午要來，想起前幾天詢問他們兩隻畜生的意見，他們回答都是說好，但是一臉不情願。

凱子的思緒比較單純，在我「不小心」透露給他說會有很多女生一起來烤肉，他面無表情的臉孔才漸漸流露出野獸應有的笑容。

而霸主就顯得有些矜持，就算知道有女生會來也沒感覺到特別開心。我曾問過幾次他和柯佳綺的事情，他總是淡淡回答：「就只能這樣了。」

問題到底有沒有解決？兩個人到底有沒有面對面溝通？這些問題一直盤旋在我腦海裡揮之不去，但我想答案應該是沒有。

阿敬按門鈴時，我打開大門，發現他手裡拿著一手啤酒。

「這是晚上烤肉時要喝的嗎？」我指著他買的啤酒。

「現在要喝的。」阿敬淡淡的回答我。

我一臉困惑。現在？現在喝掛了晚上要怎麼辦？

「你在說什麼啊？烤肉是在晚上耶！況且，為什麼要現在喝？」

阿敬沒回答，逕自敲了霸主和凱子的房間，只說一句話：「都給我出來喝酒！」

我錯愕望著他，不懂他說句話是什麼意思，也不懂好端端的幹嘛喝酒。

凱子首先打開房門，剛好瞥見正走出來的霸主，兩道視線同時交會，又很有默契的將頭轉向另一邊。

阿敬拉著他們兩個坐在客廳沙發上，硬是塞給他們一罐啤酒，而我坐在另一邊的椅子上，也拿起一罐。看向他們許久，我終於懂阿敬買這些酒的用意。

整個客廳陷入凝重的氣氛，每個人默默喝著手中的罐裝啤酒，誰都沒吭聲。

直到喝到第二罐時，阿敬才放下酒罐緩緩開口：「誰對誰錯都不重要，重要的是你們兩個在搞什麼鬼？在比誰先開口？朋友是這樣當的嗎？」

我盯著罐瓶內的液體，沉默著。

過了半晌，霸主才輕輕開了口：「這幾天，我想了很久，或許柯佳綺根本沒把我們之間交往的事情當作一回事，我也沒有勇氣去詢問她對我的感受。只是，她這樣明顯的躲我，而我看到這樣的她，心裡感到很受傷。」他重重吐了一口氣，正視著凱子，一臉歉意說：「對不起，我不該動手打你……」

凱子聽到霸主的前面談話首先不以為意，突然看到霸主鄭重道歉，他頓時手足無措的口吃說：「不……不是你的錯啦！是我講話不經大腦啦！三八，不要道歉啦！要道歉也是我。」

看著他們兩個人互相道歉，我正覺得好笑，阿敬拍拍我的肩膀，對我微微笑。我忽然發覺此時此刻的阿敬才叫真正的成熟，他懂得如何居中調協，過了那麼久，我只能束手無策任由他們冷戰，而阿敬跟他們認識沒有很久，卻知道該如何處理。

當年他認為我很成熟懂事，也只不過是我為了包裝自己，對周遭的人冷漠，假裝自己很堅強，他已經從昔日那個矮子長大成成熟的……高個兒。

「冒昧問一下，你現在身高幾公分？」

「喔，一百八十二公分，怎麼了嗎？」阿敬疑惑的望著我。

突然覺得自己的身高有些可悲，輸給當年的矮子，我還自詡有一百八十公分的身高，他不用什麼號稱就可以簡單突破。我默默搖搖頭，決定要觀察阿敬都吃什麼長高。

「不要說那麼多，喝就對啦！」

四個人喝得很開心，但轉眼就到了傍晚，我依舊相當清醒，絲毫無醉意，而當初說要和我一起買烤肉材料的阿敬已經有濃濃的醉意。我們三人合力將他抬到沙發上，替他蓋上被子。

出門前，已經把紙條和解酒藥放在桌上，希望等到他醒來我們還在烤肉。

我、凱子和霸主去生鮮超市買了豬牛肉和一些蔬菜，感覺有好一段時間沒有三個人一起好好說話。雖然一開始聊有點不大習慣，後來我們又恢復到昔日打打鬧鬧的好感情。

我很珍惜這段友誼。

21

我們將烤肉架和炭火用好時，已經是晚上七點。欣惠帶了一群女生朋友來烤肉，當然也包括她的男朋友，長相很斯文，高高瘦瘦的，總是護在欣惠身邊，怕她著涼。在我眼裡，有種淡淡的酸楚，不過我知道我心裡是由衷祝福他們倆能幸福。

凱子自從和霸主和好後，也不再像冷戰時那副冷漠的嘴臉，馬上換上豬哥模樣圍繞在女生群內，拚命展現他把妹時所特有的風趣。

可能你們會存有相同的疑惑：咦，凱子不是已經有女朋友了嗎？怎麼還在外拈花惹草？

在前面我有稍微提過，凱子的女朋友個性是相當凶悍的，一生起氣來不管認不認識先發飆再說，但這脾氣只侷限於他們之間為小事情的吵架。他們這對情侶的個性都很相似，愛玩又不想定下來，講話直來直往。所以，表面上他們是在交往，實際上算是各玩各的。

那他們幹嘛交往？

好問題，其實我也覺得他們兩個關係搞得很複雜，但因為這是別人家務事，本人都沒特別說什麼了，外人看什麼熱鬧。我也曾經問過凱子，他只是跟我說：「我交往的對象只會是她，不會有別的女人取代。」

有沒有感覺一頭霧水？我也不了解他在想什麼，這是癡情還是特有的執著？各玩各的還有什麼特別的情感可言，我想都不敢想，只要想到如果自己的女朋友背著我在外面撒野，我就忍受不了。

好，這不是重點，因為我才是男主角。

阿敬到烤肉結束都沒有出現過，我想他真的不適合喝那麼多酒，但想到他下午為了兩個畜生而犧牲，我不禁感動得熱淚盈框。

阿敬，雖然這次烤肉是你提議說要舉辦，為了感謝你的一片心意，我一定會幫你把肉都吃光光。

送走欣惠和她的朋友們後，我們三個很認命的收拾殘餘，這時突然聽到手機鈴聲響起，我們互相覷對方一眼。

「誰的手機在響？」霸主眼神輪流看向我和凱子，疑惑地問。

「不是我的。」凱子聳聳肩回答，我也搖搖頭否認。

「這鈴聲好老舊，無敵鐵金剛、無敵鐵金剛、無敵鐵金剛——」凱子跟著手機鈴聲哼唱，我們隨即哈哈大笑。

我們循著聲音源頭走去，發現有隻陌生的深藍色手機被遺忘在烤肉夾旁邊。我們互相對望，也不知道是誰的手機，就直接拿起來看。不看還好，一看就看到手機桌面有熟悉的人的照片。

望著霸主僵硬的表情，我知道又有事情要發生了。

手機桌面所貼的人，竟然是柯佳綺。

22

「呃……說不定是手機的主人覺得柯佳綺很可愛才會放她的照片，你不要想太多啊。」凱子馬上將手機蓋闔上，急忙安慰霸主。

我思考了好半晌，才緩緩開口：「我想這手機應該是欣惠那群女生朋友的吧，來烤肉只有我們和她們那群女生。嗯，還有欣惠的男朋友，用刪去法，也只剩下那群女生比較有可能性了。」

霸主沒說話，但明顯臉色有稍微和緩一些，他默默接過那隻手機，開始打開來看。我和凱子都感到相當不安，一方面是偷看別人的個人隱私是不太好的行為，另一方面則是很

為什麼明明
我就在你身邊，
你卻不知道
我喜歡你？

想知道這個手機的主人到底是誰。

「你們來看這些簡訊。」霸主咬著牙，將手機交給我。

我和凱子好奇的看起最近日期發過的內容：

給最愛的綺

綺，我很想妳，或許妳根本不曾想念過我，我卻好想妳。今天陪著她逛街，感覺很乏味，如果是妳，再怎麼逛我都願意，但她只是妳的替代品，妳什麼時候才願意接受我對妳的心意？

家祥

給最愛的綺

今天的妳依舊美呆了，望著遠處的妳，我只能默默守護著妳，我想只要我繼續堅持下去，妳一定會懂我的好！

家祥

給最愛的綺

真不爽！又有男生向妳搭訕，一堆蒼蠅怎麼清都清不完耶！還好我家的小仙女總懂得拒絕別人，妳如果想出門兜風可以打給我喔！我隨CALL隨到，最近我有拿到兩張電影票，想約妳出來看，願意賞光的話請回傳簡訊給我喔^_^y

家祥

後續還有很多簡訊，但我腦袋已經一片空白，不知道該如何回應。我感覺我的手指在顫抖，我重重呼出一口氣，按進圖片區，一張張親密的合照讓我眼眶頓時有些濕潤。

笨蛋，結果妳還是選擇了錯誤的男人，是我害了妳嗎？是不是我把妳一手推開，反將妳推入火坑？原本以為妳會幸福的過日子，我還天真的認為他會好好對待你，不讓妳受任何委屈……

是我的錯，全部都是我的錯！如果不是我，妳不會遇到這個天殺的男人，妳並不是別人的替代品啊！妳就是妳啊！

欣惠，妳叫我該如何是好？

23

每個人都嚮往過著童話故事中公主和王子幸福美滿的生活，邪惡的巫婆最終被打敗，整個故事情節都是相當歡樂，接觸到這類的故事，心情也不自覺得輕鬆起來。

但當回到現實，故事就變得支離破碎。

而這個故事還真有夠扯淡。

躺在床上，我盯著這支手機，想遍數百招的方法想凌辱這支手機，但後來想想作罷，手機是無辜的。原本我有些衝動想打給欣惠，但接通之後，我該說什麼？說：「哈囉，妳的男朋友是變態跟蹤狂兼禽獸，只把妳當作別人的替代品，快離開他！」

我狠狠打自己一巴掌，是不是活得不耐煩啊？光是想到她受傷的眼神，我都於心不忍了，怎麼敢這樣坦白告訴她。

再加上，她是因為我的關係而遇到了那個禽獸。

我不知道該怎麼做，要我假裝沒發生這種事情，然後笑笑把手機還給那傢伙？該死！

我做不到！

思考著那些簡訊的內容，我認為是那男的一廂情願喜歡柯佳綺，而柯佳綺從沒回傳過他簡訊，也不大搭理他。他若那麼喜歡她，為什麼當初還要跟欣惠交往？欣惠和柯佳綺的型是南轅北轍，個性應該也有很大的差異，為什麼會變成替代品？還是他只是想交個女朋友，想像柯佳綺就在他身邊？

我越想越覺得這男人根本是變態。

這種事情我該問誰會比較好？我望著自己的手機上的螢幕，等我意識到，通話鍵已經開啟了。

「喂？好晚了呢……」疲倦的聲音緩緩從手機傳出。

「對……對不起，我忘記現在是晚上了，打擾到妳的睡眠了嗎？」我緊張問道。

手機另一頭輕輕笑著，想起她飄逸的長髮在風中飄動，感覺她正推著屬於她的無框眼鏡對我微笑。

「沒有，我只是正好要睡。怎麼了嗎？聽你的聲音好像有心事。對了，中秋節快樂。」

「中秋節快樂，妳今天都在做什麼？有烤肉嗎？」

「只有去書店逛逛、看看書，我家沒有烤肉呢！」

「真可惜，要是知道妳沒有活動，我就邀妳一起來吃烤肉了。」

我絕對不會跟她說我忘記約她。

「你怎麼可能會知道我有沒有活動，沒約就是沒約，壞蛋耶！」她哈哈大笑。

「原諒我嘛！最近事情很多搞得我有些昏頭轉向。下次！下次中秋節一定會約！」

「好啦，不逗你了，發生了什麼事嗎？」她關心的問。

我將欣惠的事情幾乎是一字不漏跟翊妘說，她能讓我很放心的訴說這一切，我也不擔心她會跟其他人說長道短，因為直覺告訴我她不會這樣做，我很相信她。

翊妘聽完我說的話，她什麼安慰的話也沒說，只是沉默，而我也透露說我為此感到相當自責，因為如果當初沒跟欣惠分手，她就不會找到一點也不疼她的禽獸。

手機另一頭微微嘆氣，聲音有些微弱，說：「你為這件事感到慚愧，那你覺得自己該怎麼做？」

「我……會負責……吧。」我以不確定的口氣回答。

「負責？跟她復合，然後再彼此互相傷害？」

她講話的口氣越來越大聲，我不禁呆愣住了。

「周煒徹，你到底在想什麼？只因為她選擇了錯誤的人，你就要害她一錯再錯，重蹈覆轍！」

「可是她……」

「你到底在找什麼藉口！你對她還有感情嗎？明明只剩下憐憫，不要把自己的慈悲建立在別人的痛苦上！」

聞言，我說不出話來。我對欣惠的情感，或許就像翊妘說的，根本沒有愛情，愛情在放手後就已經消失殆盡，或許是更早之前，畢竟交往的時候總是爭執不斷，我們倆注定只能當朋友而已，不是嗎？

我只是試圖以挽回再交往的心態來減少內心的罪惡感。

就算我再握住欣惠的手，也無法回到當初的溫暖，那憑什麼我覺得她跟我復合會幸福？

我們兩個此時都沒有出聲，但我被她的直言給震撼到了。一向給我乖巧文靜印象的她竟然會如此憤怒，我不懂她為何會如此生氣，但事後想想她生氣有理，是我把自己想得太完美。

好半晌，她才漸漸開口，語氣有明顯和緩一些，說：「對不起，我講話太衝動了。」

「沒關係，妳說得對，我對她……確實已經沒有愛戀的感覺，只是當時烤肉看到她和她男友親密的樣子，有種複雜的情緒。」

「是不是感覺她曾經是你的女友，如今在別人的懷抱，感覺有些在意？」

她的直言又讓我嚇到。一針見血。

「對。」我很老實的回答。

「這是正常的，你只要不要會錯意，還是可以繼續當朋友的。」

「嗯，總覺得妳給我的印象跟現在一副咄咄逼人的模樣，有種相差十萬八千里的感覺。」

「啊！對……對不起，我很少會這樣的，我只是不太喜歡你剛剛那樣，有點優柔寡斷的個性，也不喜歡你因為自責而想繼續照顧她。」她講話感覺有點扭捏。

看來我要對她改觀了，不但講話會很直接，還會對我河東獅吼，然後現在還說不太喜歡我哪些地方，不過我卻不會感到不開心，相反的，嘴角漸漸往上揚，我認為我又更了解她。

「好的，大小姐，我會努力改進的。」

「你在亂說什麼啦，壞蛋耶！是你那麼晚還吵人家起床，我都沒找你算帳！」她帶有一些嬌嗔的說。

「吵妳起床？剛剛不是某人對我說正要睡而已嗎。」我揶揄道。

「我……不理你了啦！」

她是不是很可愛？

沒想到跟翊妘講心事，竟然能發現她如此天真活潑的性格，看來她對不太熟悉的人都會適度的包裝自己，對比較熟的人就會用不大一樣的性格對待之，那我對她來說是不是又更加親密一些了呢？想著，我心裡有種雀躍的感覺。

「不跟你打鬧了。講認真的，那個男生的事情，我覺得你就直接了當跟女生講，拖越久傷害越深，這是無可避免的，請她一定要離開那男生。男生的話，你就直接還他手機就好，這種人不要跟他有太多瓜葛。」掛電話前，她是這樣囑咐我。

或許，我知道該怎麼做了。

24

一大早，我邊吃著早餐邊看報紙。凱子對我搖搖頭，我瞪他一眼，繼續埋頭盯著報紙，他拿了一本流行雜誌，準備去蹲廁所馬桶時，拋下一句：「你這模樣好像我爸。」

我走過去踹他一腳。

我打電話給欣惠，跟她說有事想私下說。她起初還一臉疑惑，我告訴她說她男友的手機遺落在烤肉那邊，被我撿到了，她才和我約在一中街的某間咖啡店。

等我打開店門，店內柔和的氣氛感染著我，燈光有些昏暗，她坐在店裡最不顯眼的位置。她看到我時，只是微微笑，就替我叫杯飲料解渴。

我也報以微笑，從口袋內拿出那隻藍色手機，放在桌上，逕自坐在她的對面。她將手機收進自己的包包，對我說些感謝的話，但我不知道待會她知道一些事實後會不會承受不住。

「你不是在電話中說你有重要的事情跟我說？應該不是指手機吧？」她用吸管攪拌杯中的液體，用一隻手撐著下巴望著我。

低下頭，我舔舐著已經有些乾燥的雙唇，想著該如何開口，要用什麼方式表達才會不傷害道她的心。手指不斷敲著桌子，深吸一口氣，我提起足夠的勇氣。

「看你這種反應，是不是想跟我說家祥的事情？」

我驚愕的倏地抬起頭，看著她的表情似乎毫無影響。

她的眼神不再像先前那般閃亮，取而代之是黯淡無光。望著她面無表情的反應，心裡本來已經想好的說詞頓時煙消雲散。

「你是從手機上看到的吧，我想也是，他可以不在乎我到大膽放著別的女人的照片，而我也可以不在乎到裝作沒這回事。」

她說完後，接著對我微笑，只是連同淚水流下，看的我心裡很痛。

她抓住我的手，很緊很緊，緊到讓我有些喘不過氣，我的視線無法從她哀傷的神情離開。

「煒徹……拜託你，你可以當作什麼事都沒發生嗎？算我求你……」她笑著流下眼淚說著，手微微顫抖。我想為她拭淚，但我的內心卻叫我不該這樣做。

「在你的眼中我還是幸福的，對吧？不要對我說任何話，任何殘忍的話。可以的話我寧願不讓你發覺，我不想從夢中醒來……」

「妳這是何苦……？」

「不要再說那些話安慰我！我不想讓你看到如此狼狽的我！告訴你我為什麼忘不了你？為什麼在我夢中還是愛你？每晚我都忘記不了你的溫柔，你知道我的心中一直都還有你嗎？」她對我淒涼的一笑。「我跟他是一樣的，我拿他來替代你。」

我震驚的望著她，好半晌都無法反應過來，

妳為什麼要那麼傻？為什麼還要選擇繼續愛我？

我不是那種值得妳這樣付出的男人。

「回不去了嗎？」她淚眼婆娑的望著我。

我告訴自己不能迷失在這感情叉口，即使對她有情，但也絕對不是愛情。

我默默點頭。

她眼淚掉得更兇，她拚命拭淚，新的淚水又從她微紅的眼眶流出。我什麼動作都沒做，只是看著她，百感交集。

店內的旁人一定覺得是我欺負她。

欣惠，妳知道嗎？有時候感情就是這樣，注定有人會受傷。真的不適合的時候，只能選擇放手，我們之間就像風箏一樣，我是風箏，而妳是拉住我的線，當線斷了，而風箏也會隨風飄去，想再用原有的線再連接已經是不可能的了，而這也在反應著我們倆之間已經成定局。

如果把我當成壞蛋妳會不會比較好過？

「我已經不愛妳了。」我撇過頭，不想看到她聽到這句話時她的表情，說著殘忍的話，心裡卻不斷想安慰她。「不要作賤自己，離開他對妳才是好的，不要假裝自己很成熟，妳現在這樣比和我交往時更讓我討厭。」

我的聲音竟有些沙啞。
我真的好自私、好奸詐。
我討厭這樣的自己。
我將飲料錢放在桌上，逼自己冷漠對待，逼自己忽略她已被我傷害很深的表情。
「或許，連當朋友都是種奢望。」
我頭也不回的走出咖啡店，留她一個人在店內。

25

最近因為接近期末考，每堂課堂都開始考試，我承認自己沒念多少書，不像霸主每晚都會努力K書，至於凱子更不用說了，每晚照樣玩線上遊戲，每早照樣考試開始五分鐘後趴在桌上睡覺。我沒辦法像凱子一樣灑脫，至少我無法想像當全班倒數第二名的滋味是什麼。

那天我離開後，我有些後悔自己的衝動，又拚命告訴自己這樣做是對的。當下我馬上打給翊妘問這樣做是否恰當，她聽了只是頓了一下，說：「很殘忍，但是你做了對的選擇。」

至少我不再是如此優柔寡斷決定事情，我是這樣說服自己的。

欣惠也自從那次見面後，也沒有打電話過來，而我也沒打電話過去為傷害她的事道歉。她就這樣從我的生活圈中消失了，我也不會刻意去打聽她的消息。一開始很害怕她可能因為上次的事而想不開，但我逼自己不要太在意，免得又因為同情心氾濫而讓她誤以為有機會。

當我把這件事情告訴霸主和凱子之後，他們只是拍拍我的肩，告訴我不要想太多，而我反問霸主是否將柯佳綺的事情處理好，他只是沉默了幾秒，搖搖頭。

霸主這種消極的態度我和凱子都不好說些什麼，只好隨他。

這幾天郁雯又抱著她那餅乾出現在我的教室外，我很慶幸她已經換個口味做，如果再送杏仁餅乾，我想凱子會吃膩到吐在我身上。這次她做的是月亮形狀的草莓餅乾，我向她道謝後，就目送她離開教室。

突然後面有人拍我肩膀，我轉頭看，是班上不太熟的男同學，他指著郁雯離去的方向說：「她是你的女朋友嗎？」

我很納悶，但還是誠實回答：「不是，怎麼了？」

「她好像常常送東西給你。」

「呃，對，她送餅乾給我。」

「送餅乾？她喜歡你嗎？」

「這位同學，你會不會管太多了啊？她喜不喜歡我管你屁事喔！」我在心裡暗罵。

「不知道。你到底想說什麼？」我有些不耐煩。

「我朋友想要追她，他要我幫他問清楚，就這樣。」他聳聳肩，又說：「既然你們只是朋友的話，那他就放心囉！」說完，他就對我笑笑就轉身走了。

我腦袋有些空白，突然有些轉不過來。有人要追郁雯？也算正常，她長得確實很可愛，身材也很好，聲音又甜甜的，很難讓人不喜歡吧。

但是，心裡卻莫名有種空空的感覺，說不上來，我試圖忽略這種怪異的感覺。

那一陣子，郁雯常常約我出去逛街看電影，那時候剛好期末考結束沒多久，我便欣然去赴約。一路上陪她一同逛街，看著她開心的笑容，我心中也有種開心的感覺。

阿敬常常打電話抱怨說我有了女人後就變得很難約，我總是對他澄清說郁雯只是朋友，久而久之我就懶得多說什麼。

霸主曾對我說，我和郁雯的關係有點奇怪，很像情侶卻又不是情侶的關係，我只覺得他有點大驚小怪，沒聽說過普通的女生朋友嗎？

爲什麼明明
我就在你身邊，
你卻不知道
我喜歡你？

而凱子是一臉沉痛的對我說：「她的病是不是很嚴重？」

「她哪裡有得病啊！」

「有吧，她是不是得了那種看到帥哥就會變盲的病？不然為什麼她選擇是你而不是我？」

我隨即就回他一記飛踢。

自從那次被問及是不是跟郁雯是男女朋友後，心裡已經平靜的水面又漸漸激起一些漣漪。

26

考試結束沒多久，寒假開始了。我們一群人早在考試前就開始計畫要去台北玩個三天兩夜，原本只打算我、阿敬、霸主和凱子四個一起去，但凱子一直在地上打滾說沒女生就不算旅行之類的欠揍話。

「乖，你知道女人家最麻煩了，她們會逼你幫她們抬行李，在逛街的時候，她們只要進去一家服飾店，就會挑選東挑選西，又會要你等她們。」我好言相勸。

「沒關係，我願意。」凱子對我純真的一笑。

「女人出門很會拖拖拉拉，要挑選衣服又要梳妝打扮，你會等她們等到不耐煩。」阿敬也加入勸說。

「沒關係，我願意。」

「說不定她們之中的人會剛好遇上生理期，聽說生理期她們的情緒會相當暴躁，你可能要需要拚命安撫她們耶！」霸主來助陣。

「沒關係，我願意。」

「如果真的要跟女生一起去，是要分房睡的喔，不是睡同一間喔！」

「喔，那就算了。」

我們三個人馬上衝上前飛踢凱子幾腳。

最後討論出來的結論，我們一致忽略趴在地上裝死的凱子。

我不是很會安排行程，所以交通、旅館和行程全由阿敬一手包辦，而其餘的人只要發呆等著時間到。最重要的還有，要有錢、要有錢，還是有錢。

我不像霸主和凱子一樣有固定的打工，阿敬也有在做工作，而我是靠著家裡匯給我的錢過日子。老實說，有時我覺得自己很窩囊，還要靠家裡養，但家裡的人極力反對我去外面打工，只是囑咐我專心讀書就好。

想到每月固定的生活費一下子要減少很多，心裡就暗暗叫苦很多次。

等到北上台北的那天，我們搭上台鐵浩浩蕩蕩出發。到了台北車站時，我們看向周遭環境，不禁張大嘴巴，第一次來台北的感覺很奇特，也很新鮮。

「超酷的耶！坐這捷運超酷的。」霸主興奮的說。

「對啊！感覺設備好先進。」我左右張望的說。

「哇！這邊的妹好多，也好正喔！」凱子一臉豬哥樣又再次現形。

我們三個人很有默契的忽略他說的話。

阿敬為了這次的旅行做足功課，我們幾個都是傻傻跟在後頭，要是哪天阿敬想賣掉我們三個，我們可能還會感謝他，而他則是在一旁開懷笑著數鈔票。

我們旅行的第一站在西門町。出捷運站時，我們瞪大眼睛看著四周，人潮相當多，跟假日時的台中一中街有得比。我對他們說想添購新衣，他們說好就後一同去潮店晃，只是價格有點難以下手，我突然有點忌妒女孩子，她們衣服買再多件都不會手軟，重點是跟男生衣服比起來，價格至少差一倍，而我為了要買一件牛仔褲，就要心理交戰數百次，只因為價格太高。

「阿徹，你這麼想就是錯了，衣服買貴一點比較有保障。」凱子對我搖搖頭，食指在我面前搖擺。

「為什麼會有保障？」

「有些女生眼睛很利，只要瞄過一眼就知道你穿什麼牌子。這時候如果你穿個便宜貨，一定一眼就被識破，當下就對你大打折扣。」凱子老師深深教誨。

「老師好厲害喔！那請問你現在正在穿的是什麼牌子？」

「夜市兩件五百元有找。」他對我們純真的一笑。

原來他在青春期就已經有「過了四十歲的男人只剩一張嘴」的毛病。

「還有啊，有些衣服如果夠會穿著打扮，一件七、八百塊的衣服，在別人眼中會變成兩、三千塊的貨耶！個人氣質也會有影響喔。」凱子老師用中指推著眼鏡，眼神閃著自以為帥氣的光芒。

我絕對不會跟你們說他根本沒戴眼鏡。

「老師好厲害喔！那你看看我現在穿的，你覺得價值是多少？」霸主手攤開示意我們注意他。

他穿著合身的黑色短T恤，搭上輕薄的褐色圍巾，褲子則選擇較合身的深色窄管褲，穿著打勾勾品牌的球鞋。霸主本身就不胖不瘦，身材屬於剛剛好的那種，所以以我眼光來看，還算是搭配好看。

凱子正經的又推了一下透明眼鏡，嘖嘖幾聲後，一臉哀傷拍著霸主的肩膀說：「孩子，時尚對你來說還太早了，你應該學學老師的穿著。你們看，這套衣服穿在我身上是不是感覺價值提升了幾萬塊。」

說著，他還旋轉幾圈給我們看，一臉陶醉，還撥弄他早上起床弄不平的翹瀏海。

望著他的彩色海灘褲和夾腳拖鞋，我們就知道他的價值為何。

對不起，我實在不忍心吐槽他，我只覺得他的穿著台客到讓我覺得他買這套一百塊有找。

我們三個人再度很有默契遺忘他剛剛說過的話。

最後我還是買了一件一千塊的牛仔褲，還是有特別殺價過的，當四個小朋友離開我的皮夾時，我聽見他們哭泣的聲音，但還是狠下心把他們交給別人照顧。

對不起，為了成全你們的爸爸，為了讓爸爸更帥，我們只好忍痛分離。

後來快接近傍晚又去了士林夜市吃美食小吃，阿敬一口氣買了三份雞排來嗑，霸主和凱子也買了起司馬鈴薯在路邊吃起來，而我本身食量不大，吃過幾攤後就宣佈陣亡，手中拿著奶茶。我們坐在路邊休息，腳走到有些發疼，四雙眼睛直盯路上的經過的妹，大飽眼福。

「欸，待會吃完後還要去哪？」我問阿敬。

阿敬眼珠轉了轉，思考了幾秒鐘，才回答：「淡水的漁人碼頭。」

搭公車到達碼頭時，我覺得有些疲倦了，抬頭望著整片景色，風拂在臉上相當舒服，淡水河映波著微亮的燈光，此時此刻所望進眼簾的動人美景著實讓我感動。我們走上情人橋，四周的燈光圍繞著身邊，閃耀著不同光彩的變化，我突然很希望這幅動人的美景可以與郁雯分享。

但無奈的是，我們都沒有帶照相機。手機的畫素也無法把景色的美完全顯現出來，我只能把眼前的事物牢牢刻劃在心裡，想像她在我身邊與我一同欣賞。

倏地我怔愣住，我對突如其想的念頭給嚇到，為什麼我會想到郁雯？為什麼我想把這美景分享給她看？腦海中又浮現當時班上同學問我話時那時的對話，頓時讓我有些不自在。

這時我才發覺，周遭都是濃情蜜言的情侶，每對手牽手、黏很緊幸福的模樣，讓我不自覺羨慕起來。

而第一次來到情人橋卻是跟一群畜生。

「你們知道嗎？有人曾說這裡是分手橋。」阿敬望著天空說著。

「分手橋？這命名不是情人橋嗎？」霸主疑惑的問。

「取名為情人橋，當然是希望有情人終成眷屬，不然乾脆取名叫分手橋比較快。」阿敬伸展著筋骨，又繼續說：「其實呢，有兩種說法。第一種，當橋上的燈光變成淡綠色時，情侶經過易分手；而第二種，情侶過橋的時候回頭或沒有牽手就會分手。不過這些只是謠傳的，也不用太相信。」

「有沒有說過一群男人窩在這邊會怎麼樣？」凱子露出有些不安的表情。

「喔，當然是其中會有兩個人終成眷屬。」阿敬笑咪咪回答。

凱子的臉色開始慘白，他哭著說要回家找媽媽、找他女朋友，霸主一手拉住他的衣襟，我們又裝作沒事情繼續聊天。

只有這傢伙才會當真。

「幾年後我們還能像現在打打鬧鬧嗎？」霸主說。

瞥見霸主寂寞的眼神，我們都開始沉默起來，未來的事情誰也說不準，以後我們會為了考上理想的大學努力，而台灣有上百間學校，我們會分散到哪也還是未知數，而阿敬說不定會重新再讀書，也有可能繼續就業，想要像現在再聚在一起真的很難。

「希望我們彼此都能繼續保持聯絡，感情才不會散。」阿敬勾搭著我們的肩，燦爛的笑道。

說好了，我的朋友們，無論在哪，我們都要像今天一樣，不，比現在的感情還要更好！

27

台北的旅行，讓我們之間感情又更好了。我們還在飯店房間打枕頭戰，雖然事後想想感覺起來好像很幼稚。接下來後幾天去了北投泡溫泉，也去了八里騎腳踏車。我們對於阿敬所規劃的行程相當滿意，也玩得很盡興，唯一美中不足大概就是沒帶相機把我們的快樂記錄起來。

我躺在房間的床上，撥打給一直很在意的人。電話接通時，我深深吸了口氣，試圖讓自己不要顯得過於刻意期待。

「哈囉！我是煒徹。」

「嗨嗨！放寒假囉，有去哪裡玩嗎？」

我把去台北的事情跟郁雯說，她聽了直說很羨慕。

「你們怎麼沒有邀我去呀，好過分喔！好事都不順便揪一下！」她嚷著再去一次。

我笑笑聽著她的反應，故意拉長音說：「這次去是專屬於男人的約會，下次再去的話可以考慮帶各自的女朋友。」

突然電話另一頭沒了聲響，原本只是想鬧鬧她，這下害我開始緊張，是不是這樣說會惹她不開心？她會不會覺得我是個隨便的男生，覺得我對每個女生都這樣講？

「對不起，妳不要生氣，我只是開玩笑而已！」我趕緊安撫她，深怕她再也不想理我。

「可以喔……」過一陣子她才淡淡的吐出話來，接著又說出讓我無法思考的話：「如果對象是你的話。」

那瞬間，我的瞳孔睜大，我突然無法接收到外界任何聲音，連我自己的呼吸聲都聽不到，我的思緒忽然像是被打亂，找回不到自我。

她說這話是什麼意思？如果對象是你的話？難道，她的意思是說成為我的女朋友她也願意囉？她喜歡我的嗎？

我的心因為她所說的話而劇烈的跳動。

我嚥下一口水，有些支吾的說：「妳……的意思是？」

「我說得不夠明白嗎？」她微微嘆了一口氣，又緩緩的說：「我們……可以交往喔。」

事情發展得太快，原本只是以玩笑的心情來說那些話，卻誤打誤撞開始交往，這是我完全沒想過的結局。

當我把這件事情跟霸主他們說，他們也很訝異郁雯竟然會跟我交往。反覆思考那次的說法，好像是郁雯跟我告白耶！雖然在他們面前我還假裝很鎮定，其實我心裡爽的要死！有一個可愛又俏皮的女生跟你告白你會不會爽？當然會啊！

「她那麼想不開喔！」凱子的回應是這樣。

因為老子很爽，不想跟他有一番見識，所以我只有在他的鞋子內放死蟑螂洩憤。

現在每晚我們都會通電話、傳簡訊。我會關心她每天做了什麼事情，她都會開心的跟我說今天的趣事，感覺心裡被幸福的滋味思塞滿的感覺，我已經不再寂寞了。

至少我已經不再感到寂寞。

寒假的假期很短，我趁寒假還沒結束時約郁雯出來玩。我騎著愛車到郁雯家樓下等待，我的認路記憶算還不錯，去過一次就會大概記得路標，所以沒有迷路的煩惱。

望著郁雯下樓時，我不禁為之一亮，她將長髮綁成公主頭，穿著淡粉色的連身短裙，臉上化了淡妝。她真的很美，我的心又不自覺的一跳。

「妳穿這樣……好漂亮。」

她對我害羞的笑笑。

我將機車坐墊打開，把為她新買安全帽和外套拿給她。當她坐在後座抱著我時，我立即感受到男人所謂的「柔軟的幸福」，傻笑，我發動機車要去最近的電影院。

要找停車位時，剛好有看到一格空位，我要郁雯先下車我再停進去，等了幾秒鐘還不見她有所動作，我納悶的轉過頭看她，發現她的正嘟著嘴。

「妳怎麼了？」我疑惑問著。

「為什麼要看電影啊？不能去別的地方嗎？難得寒假耶！」她一臉不滿的回應。

「看電影不好嗎？我們交往之前不是常去看電影嗎？」

「我不管啦，我想去別的地方！」她的嘴越翹越高，翹到已經可以掛東西上去都不會掉下來。

我煩惱的搔搔頭，可是抓到的是安全帽，我拚命想著去哪裡她會比較開心，但以往這種問題都不是我決定的，都是女方決定，我也很少遇到原本決定要去哪裡，到目的地馬上就變調的情況。突然決定權在我身上，有種不知所措的感覺。

「那……妳想去哪？」

「你真的很不體貼耶！我現在肚子餓了，想─去─吃─飯！」她撇過頭不再看我，我趕緊安撫她的情緒，後來我們去了一中街附近的燒烤店，她的臉色才漸漸和緩下來，又回復到先前的俏皮的模樣。

原本我只想去一般的陽春麵解決一頓，但是郁雯又開始鬧脾氣，只好去偏貴的燒烤店。吃完結帳時，她很灑脫的拿著手機直接走出店門外，留我一個人在櫃檯傻愣住。

呃，雖然在我觀念中出去玩是由男生出錢是正常的，但是妳也稍微等我付帳一下吧。我告訴自己不該想太多，出去就是要開心。甩著頭，甩掉那些不好的情緒，我又用笑容面對她。

接下來她說要去一中街的服飾店逛，雖然已經抱著會久站等待的覺悟，但當她看衣服時挑選很久，我就有些微微不耐煩，她還頻頻回頭問我適不適合她，而我對於衣服完全沒概念，只回答她：「穿在妳身上什麼都好看。」但她一臉不大開心，似乎很不滿我給她的答案。

女人真的很難伺候。

當她終於決定好要買一件迷你短裙時，她把衣服放在櫃檯，就走出門，我納悶的望著她背影，不是決定要買那一件了嗎？怎麼直接丟櫃檯人就走人了？

我跟在她後頭，疑惑問：「妳不買了嗎？」

倏地，她轉過頭來，一臉驚訝以及憤怒，就指著我的鼻頭，狠狠罵道：「你真的很不體貼耶！是不是男人啊？是男人就快去付帳，快點！」

「呃，可是那是妳的衣服，吃的東西我還可以幫妳付，但衣服……」

「你很囉唆耶！你是不是我男朋友啊？」

因為她說了後面那句話，我默默回到店裡付帳，提著袋子，我感覺到前所未有的煩悶感。

為什麼她交往前後的態度完全不一樣？為什麼一個人的個性差異如此大？在電話裡和簡訊裡的她，是充滿著活力和魅力，談笑間也很風趣可愛，為什麼一出門逛街就變成這樣？之前還沒交往時我們一同出去看電影都不曾如此，現在卻是這副模樣？

我真的不知道該怎麼做。

晚上我載她到彰化八卦山旁的山看夜景，天氣微寒，一開始我還蠻擔心郁雯會不開心，但幸好她什麼話都沒說。望著郁雯小小的身軀，發現她的肩膀正微微顫抖，我拉下自己的外套拉鍊，從後面把她抱滿懷。

「對不起，帶妳到這麼冷的地方看夜景，這邊的夜景很棒，我想帶妳來看。」我將下巴靠在她的頭頂，用手搓熱她的雙手，希望能給她溫暖。

「很美，真的。」她輕輕的說，「我很喜歡。」

街道上的霓虹燈與城市的萬家燈火相互照耀，車燈緩緩移動，彷彿隻隻螢火蟲在飛舞，令人目不暇給，百看不厭。望著懷中的她，在微弱的燈光照耀下，她顯得更加閃閃動人。

我又抱得更緊些。

倏地，她掙開我的懷抱，反轉過身與我面對面。我有些愕然的看著她，她低著頭，依偎在我的懷裡，然後慢慢抬起頭，然後，我感覺到世界只剩我和她。

28

「你現在的表情有點猥褻，你知道嗎？」霸主坐在我房間的椅子上，對我說。

「有嗎？哪裡猥褻啊！」我摸著自己的臉，喊冤的說。

「就是做壞事得逞的那副嘴臉。」他盯著我的臉，自顧點點頭。

住了。

剛好凱子也來我房間，原本他是蹦蹦跳跳的進來，眼睛一對上我的臉，他的動作停

「霸主，我們要不要趕快離開這裡？」

「幹嘛幹嘛！又怎樣啦？」我瞪著凱子，有些沒好氣。

「你這表情真的很淫蕩耶。」凱子一邊吃著手中的零食，一邊也盯著我看。

「……」

那個時候，郁雯吻了我。

我感到有些不自在，畢竟不是我主動親，而是女孩子主動親我。後來我就主動回吻她，爭取主權，直到她氣喘吁吁的輕輕推開我，我才離開她那柔軟的唇。甜甜的，淡淡的，有種玫瑰香的味道，到現在我還再回味當時的氣味。

太久沒接吻，感覺很容易讓人上癮。

我把郁雯跟我親吻的事情跟他們說，他們嘴裡異口同聲地說著：「人神共憤，人神共憤啊。」

「咦，你剛說，你們是去八卦山那邊？」霸主問。

「不算是吧，是八卦山旁邊的另一座山。」

「你知道八卦山的傳說嗎？」

「不知道，又不重要。」我躺在床上翻滾。

「曾經有人曾因感情問題在八卦山大佛耳朵那邊上吊自殺，從此只要有的情侶到那邊都會受詛咒而分手，你要小心喔。」霸主拍拍我的肩說。

「喔，不過是個傳說而……你說什麼！」我馬上坐起身，一臉震驚的臉孔。分手？我們才交往沒多久而已！

「誰叫你搞不清楚就帶人家去，到時候怎樣可不要哭著找我們。」

「誰叫你做了人神共憤的事情來。」凱子插嘴道。

「反正這只是傳說吧，應該不會怎樣吧……」我很不確定的說，「而且我是去旁邊的山。」

「都一樣啦！」凱子又將餅乾用拋物線的方式丟進他的嘴裡。

「本來就不會怎樣了，還是有情侶去啊，我只是想故意嚇你而已，誰叫你做了人神共憤的事情來。」

「你們很煩耶。」

跟他們聊很久，我沒有將一開始約會的事情跟他們說，也許我是刻意在他們心中把郁雯的形象給美化，也有可能是我只是單純為了面子，不想讓他們知道。

撇開早上的事情不說，晚上的她讓我有種臉紅心跳的感覺，沒想到她是如此的主動，接吻技術也相當熟稔，在氣氛的催眠下，我有股想把她撲倒在地的慾望，但我後來忍住，看完夜景就很紳士的送她回家。一路上騎回家，我的臉有些燥熱，嘴唇不斷發燙。

最重要的是，我的表情在微笑。

突然覺得她早上做的事讓我不滿已經不大重要了，相對的，我認為這些事情要靠雙方彼此溝通才能獲得解決，在心裡已經悄悄建構起幸福的藍圖，傻笑著，我突然很期待與郁雯的下次見面。

盯著手機螢幕，我想把這件事情分享給翊妘知道，讓她知道我已經不再感到寂寞，於是我撥起她的號碼給她。電話接通，輕柔的聲音緩緩從另一端傳出。

「喂？」

「妳在忙嗎？」

「沒有呀，我在聽音樂，怎麼了嗎？」

我把我跟郁雯交往的事情跟她說後，突然另一端就沉默了。我以為收訊不好，就移開手機望著螢幕，滿格，我狐疑的問：「妳剛有說話嗎？好像收訊不大好。」

「跟她在一起，你很幸福嗎？」

她突然問這句話，讓我摸不著頭緒。

幸福嗎？雖然先前的行為有點讓我對郁雯印象有些打折扣，但想起交往前她俏皮可愛的模樣，還有那晚的甜蜜感覺，我不自覺的傻笑了起來。

「嗯。」

「那就好，不幸福就揍你喔！」她笑著說。

「妳一個女孩子哪有什麼力氣揍人啊！哈哈，妳都這樣說，害我都想被妳揍了。」我打趣道。

「不要小看我喔！嘿嘿。」她嬌柔的聲音像鈴鐺一樣輕脆響亮，聽了很舒服。

「煒徹，我突然很想唱首歌，你想不想聽呀？」

「會破音嗎？」

「才不會！我對我自己的歌聲蠻有信心的。」

「海豚音嗎？」

「你先唱我再考慮，不過就算你真的唱了，我也不見得會唱。」她哈哈大笑。

「開玩笑的啦，我會洗耳恭聽的，妳可以放心唱。」

翊妘頓了一下，開始緩緩唱出楊丞琳的〈曖昧〉，原本她的音色就甜甜的，很適合唱高音。我靜靜的聆聽，闔上眼，感覺我整個心靈都沉靜下來，我的世界似乎只剩下她的甜美嗓音，她不是只是單純唱唱而已，還唱出了感情，我深深感覺到她心裡有種不為人知的渴望，但要我真的說不來，我說不上來。

許久，當她唱完，我知道她在等我反應。

「妳好像感覺有心事。」

她輕輕「唔」的一聲，接著等幾秒鐘後才回答：「我沒有。」

「聽妳唱這首歌，是很好聽沒錯，但感覺有種多了一份……該怎麼說，憂鬱，好像妳心裡有件事一直牽掛著，但一直藏在心裡，只能用歌聲抒發。」我思考了一下，有點不確定的說。

另一頭淡淡的輕笑，什麼話都沒說。

「如果妳有心事，可以跟我說喔！無論再晚我都會接電話的。」

「謝謝你，不過我沒事。倒是你不怕她知道你打給其他女生會生氣吃醋嗎？」

「應該沒什麼好吃醋吧，只是朋友而已。」我思忖半晌，又笑著補一句：「等她吃醋再說，說不定她根本不在意。」

「嗯，只是朋友啊……」

結束通話時已是凌晨兩點了，我趕緊梳洗一番，關掉電燈，躺在床上，感覺還是不太真實，會不會隔天醒過來發覺這些全都是憑空想像的？

希望這一切都不是夢。

29

後幾天，雨下得劈里啪啦很大聲，大聲到我每次都被吵到要摀著耳朵才能睡去。雖然我有考慮帶耳塞，但是耳塞被凱子借去之後，到今天都不曾回到我的懷抱。

我深深懷疑他拿去做別的用途。

我很討厭下雨，那種濕濕黏黏的感覺很難受，騎車也不方便，我也不喜歡穿雨衣，如果只是騎車去附近買東西，我寧可撐雨傘。

「你這樣真的很糟糕。」凱子邊按著遙控器，邊盯著電視畫面上有沒有正妹。

「非常糟糕。」霸主翹著二郎腿，剪著腳指甲。

我知道他們又想講些沒營養的話，所以我直盯手上的雜誌，故意不理他們。

「不喜歡穿雨衣，是不是連安全措施都想省了？你好壞唷，你的聯誼妹有沒有抱怨啊？」

「我沒像你們那麼畜生好不好。」我沒好氣的說。

「喔！聽你這樣說一定已經全壘打了對不對！不是蓋的喔。」凱子對我豎起大拇指。

有股衝動想要折斷他的大拇指。

台中的天氣其實跟其他縣市比起來非常的好，台北的氣溫通常比較低，也比較常下雨，而高雄的天氣就相對非常熱，紫外線也很強。我很喜歡台中的天氣，唯獨下雨天，讓我非常排斥。我很希望每天都是晴天，但是霸主老是說我這樣想法不好，因為沒下雨就沒水，沒水就水庫空空，水庫空空就沒有水可以喝，沒有水可以喝就只能渴死。

凱子很天真的說還有尿可以喝。

我拍他的肩跟他說等到真有那天，我會集眾人之尿全給他喝，還可以讓他用尿洗澡，用尿洗菜，用尿做水床之類的。

望著月曆，細數著寒假剩下不多的日子，我想著該帶郁雯去哪玩，但又因最近天公不作美，老是飄著毛毛細雨，後來又下大雷雨，搞得我心情也鬱悶，想出去玩又討厭下雨。

最近郁雯也不知道在忙什麼，傳的簡訊都比之前還要簡短，打電話過去老是說她要忙一些事情，問她是什麼事情，她又故意不說，說是個人隱私，不方便透露。我不懂有什麼事情需要到隱瞞另一半，至少，我就想不到有什麼事是不能說的。

就在我胡思亂想時，手機突然響起，我懶洋洋拿起手機看，是阿敬。

「喂，最近你好像很忙喔！」一接通後，我馬上調侃他。

「沒辦法，我的班次排太多，想要休息都難了，何況是找你們。」他很無奈的回答。

阿敬目前在知名的餐廳打工，聽說是被操到不行，但薪水相當可觀，這也是阿敬願意繼續做的原因之一。更重要的是，他跟我說那邊的女服務生都長得超可愛。

「凱子前幾天一直吵著我說很想你，想看看你的『工作環境』。」

「喔，我也很想他啊，順道跟他說有幾個女服務生都有男朋友了。」

我們兩個同時哈哈大笑，覺得凱子的為人太好了解。

「對了，我週末休假沒班，想問你們有沒有空。」

「可以啊，如果沒下雨的話。」

「不要排斥下雨啦！有雨你就要謝天謝地了，祂賜給我們雨水。」阿敬又想發揮他碎碎念的功力。

「好好好，我知道你想說什麼啦。所以說，你已經有計畫了？」

「嗯，我想去唱歌，在包廂內你應該就不用擔心下雨了吧。而且我也想秀一下我超群的歌喉，簡直可稱之為天籟。」他語氣感覺頗為自豪。

「有病。」

唱歌？倏地，我想起那輕輕柔柔的聲音，不斷迴繞在我的腦海裡。

「找不找其他人，隨便你，行程就先這樣定了。」

掛完電話許久，我心裡是一直想著翊妘，想起她清脆爽朗的笑聲，和文靜又可愛的模樣。我很訝異此時的我竟然完全沒想到郁雯，頓時心裡湧出罪惡感，明明有了女朋友，卻想著別的女人，是不是很不應該？

我甩掉雜亂的思緒，撥起電話給郁雯，打了兩三通都沒人接，傍晚她還在忙嗎？想說再打一通她如果沒接就放棄，正好電話另一頭剛好撥通。

「喂？」

一個不熟悉低沉的男音緩緩從手機內傳出，我怔愣半晌，還確認一下手機號碼有沒有撥錯。奇怪，是這號碼沒錯啊。

「你找許郁雯嗎？」

我腦筋一片空白，面對他的問題，我只能吶吶說：「呃……對，請問你是？」

這男人到底是誰？是郁雯的誰？難道她跟我說在忙是因為跟別的男人在一起？

「我喔，你自己問她啊。」他講話的音調讓我頓時有種厭惡的感覺，電話另一頭突然有些雜音，我開始想掛電話了。

「哈囉，煒徹！」郁雯嬌滴滴的聲音突然出現，使得我的臉色開始下沉，忙到需要別的男人幫忙接手機？

「他是誰？」我冷冷的問。

「我朋友啊！他叫小天，跟我蠻不錯的，是我的好姊妹喔！」

另一頭很嘈雜，我聽到都是郁雯笑得花枝亂顫的笑聲。不知道為什麼，感覺聽起來格外刺耳。

「只是朋友？」

「不然是什麼啊！喔，你吃醋囉！」

「對。」我很老實回答，但其實心裡有點不大開心。

「唉唷，就朋友啊！你的胸襟那麼狹窄喔？」

我瞪大雙眼，對於郁雯那麼直接的說出來，我心裡有種刺痛的感覺，原來她覺得我是那種不可理喻的男人。

「我只是覺得他這樣直接接妳手機不好，難道他不怕我會誤會嗎？」

「不會啊，我有跟他講過你的事。」

但妳卻沒跟我說過他的事。隱忍著，我的確不該這樣大驚小怪惹郁雯不開心，但心情就是無法馬上好起來。

我反覆吸氣又吐氣，告訴自己心胸要寬闊點，閉著眼睛好一陣子，才緩緩開口：「對不起，我口氣不太好，我只是擔心妳。」

「沒關係啦，我沒生氣呀，就只是朋友嘛！你不要想太多就好囉！」郁雯對我嘻嘻笑。

「其實我打電話給妳是想問妳這週末有沒有空？我朋友說要一起去唱歌。」

「週末喔，剛好不行耶，我跟其他朋友有約囉！不好意思呢。」

另一頭又開始亂哄哄的。

雖然早就知道答案，但當親耳聽到的時候，還是會忍不住失望。但失望的成分不高。不知道是因為早就對她的反應瞭若指掌，還是因為早就學會不再期待，我對於郁雯拒絕我早已麻痺，最近這幾天她老是說要忙那忙這的，搞得我常被那群畜生取笑說：「是不是被拋棄了。」

當然，這不是我放在心上的主因。

我不是沒跟郁雯提過，這幾天她真的忙到根本沒辦法見我，她只回說我要懂得體諒。好，我體諒了，但忙的原因到底是什麼？好，不說，我也就算了，可能真有苦衷，但是已經連續好幾天，今天打電話過去卻是在另一個男人身邊，還嬉笑打鬧，叫我怎麼能不生氣？

我當然相信她，相信她說那個男人只是朋友，但是我感覺已經越來越沒有安全感，完全不了解自己的女朋友為人，相處的時間又很少，眼見寒假就要結束了，卻只跟郁雯出門過一次，我都深深懷疑我根本就不是她男朋友。

當我心情有種低落到谷底的感覺時，手機默默響起，我有些無力的直接接起電話：「喂？」

「你怎麼了？」

「沒有啊，妳想太多囉！」我強顏歡笑的盯著自己的手發愣著。

「笨蛋煒徹，這樣很不像你呢！開心又會耍憨的你才是我當初認識的你呀！」翊妘哈哈大笑。

「不好意思喔，我耍憨是為了讓妳開心耶！」我馬上回嘴回去，但意外的是，我發現我的嘴角莫名的往上揚。

「真的喔，為什麼我都不知道呀？可能你做得還不夠逗趣吧！」她咯咯的笑。

「傻瓜，我沒事啦，真的，謝謝妳讓我開心。」我真誠的說。

我能感覺到在電話另一頭的她，正傻傻的微笑。她總是能知道我心情好壞，即使她不知道原因，她還是盡自己所能傾聽我的心情，總是能適時給我意見，總是能給我所想要的感覺。

但為什麼郁雯卻給不起這些多麼渺小微不足道的東西？

「如果不想說，我不會強迫你說出來。但有件事你必須要知道，我們是朋友，我一直都在你身後支持著你。」翊妘輕輕的嘆息。

明明只是簡單平凡的話語，我的心裡卻開始顫抖著。

我撫摸著自己的胸膛，心裡充滿著感動以及快樂，我很開心擁有這麼好的朋友。

「我知道，謝謝妳。」我的微笑始終沒有停止過。

「對了，差點忘記問你，其實我後幾天想找你去逢甲夜市，你有沒有空？」

「美女找當然有空。」我揶揄道。

「我才不是美女呢！」她有些發窘的說。

「我又不是說妳。」說完，我馬上開懷大笑。

「你很壞耶！笨蛋！所以我先跟你約好囉！到時候可不能爽約。」
「好好，放心。這週末我們一群人要去唱歌，小姐願不願意賞臉啊？」
「好啊好啊！我喜歡唱歌！」她就像小孩子的興奮的歡呼，讓人會忍不住想寵溺她。
「那在哪裡集合？還是你要載我？」
「我載妳就好，如果有人迷路也挺傷腦筋的。」
「我才不會！就算我迷路，煒徹也會找得到我的。」
是的，我會找到妳。無論多遠、路有多複雜，我還是會找到妳的。

30

就算再怎麼討厭下雨，老天爺不會因為我個人因素而出大晴天，我希望鋒面能趕快離開台灣，但是鋒面就是賴著不走，即使我已經幼稚到都做好了晴天娃娃掛在窗前，但週末還是下雨。

而他們則用「不好意思還是下雨了」的嘴臉盯著我看。無奈之際，還是只能默默接受事實，至少是去一個包廂唱歌，而不是露天點唱機。

霸主立即吐槽我說露天點唱機幾乎都是老歌，很多婆婆媽媽或是上了年紀的人會去唱。

凱子說會帶他的女朋友去，我們都感到相當訝異，畢竟他們之間的關係很特殊，說是情侶也不像情侶，朋友也不像朋友，我連他女朋友長得圓還是扁都不知道，只從凱子的嘴裡得知片面印象：可怕、個性古怪、陰險、狡猾、冷面笑匠。

這些形容詞放在一個女孩子身上真的很不協調，我覺得這些話形容凱子自己再恰當不過。

「好久沒看到期刊妹了耶，突然好想念她喔！」我正準備出門先載翊妘來到我住處集合時，凱子對我燦爛一笑。

「幹嘛叫期刊妹，很奇怪欸！」我拿著車鑰匙，撇撇嘴。

「我又不知道她的名字，你又是在期刊社認識她的，你不覺得我形容很貼切嗎？」

「好啦，我要先出門了，我會幫你轉告說你很想她的。」

「唉唷，不要啦，怪羞人的。」凱子雙手捧著臉，故意扭扭捏捏的搖著屁股。

我直覺意識就是踢他一腳，才出門載人。

微寒的天氣再加上雨勢的猛烈，我將身子縮成一團騎車，嘴裡吐出淡淡的白煙，雨打在身上有點疼痛，我真的很痛恨下雨天，真的。

等我我騎上機車一小段路後，我才驚覺，我根本不知道翊妘住在哪裡！

我騎到附近的便利商店，想說先打電話給翊妘，不經意瞥向店內，原本要按下通話鍵時，手卻不自覺的顫抖，遲遲按不下去。

連下雨的聲響我都聽不見了，我愣愣的望著店內，我不想相信眼前的景象，希望我現在什麼都沒看見，但是當捏了一下自己的大腿，感覺到疼痛時，我才心痛地知道這一切根本不是幻想。

好半晌，我默默打開電話簿，熟悉的名字浮現在我眼前，我沒有任何憤怒，沒有任何思緒，毫無表情的按下通話鍵。

「喂？」

「妳現在在哪裡？」

「我在家裡啊，在做點心。」

「妳那邊有點吵。」

「喔，我有開電視，會比較吵。幹嘛？你今天不是要去唱歌嗎？好好玩呀！」

「嗯，那妳怎麼沒出門反而待在家？」

「我晚點就會出門了，我要繼續忙了，先這樣。」郁雯不等我多做回應，她就直接掛掉電話。

我一發不語的盯著超商內嘻笑打鬧的男女，望著郁雯開心的笑容，頓時覺得一切都好殘忍，我心中隱隱感覺有種淒涼，居然連生氣都生不起來了。當一個真實的謊言在面前狠狠的被戳破，竟然是如此狼狽不堪。

低著頭，有種想吶喊的念頭，我沒有勇氣衝去裡面找他們理論，如果說只是單純一個小小謊言，也就罷了，身旁還跟著一個男人，自尊心很狠被踐踏的感覺，很糟。

默默發動機車，我逃離這個事實，逃離這個才不到幾秒鐘就被拆穿的謊言。

等我意識到，我已經騎回自己的宿舍，懊惱的咬著牙，連人都還沒載來，卻載回化不開的憂愁。

「期刊妹呢？怎沒見到她？」凱子剛好也騎車回來，身後載著一個女生。

「我還沒載她回來。」

「啊？你不是比我早出門嗎？怎麼……唉唷，妳幹嘛捏我！很痛耶！」

「你是阿徹吧？不要想太多，快去載人吧。」那女生溫和的說。

我無法得知她在安全帽底下的表情為何，但不知道為什麼感覺的出來她懂我現在的心情。

我點點頭，望著他們上樓，我打電話問翊妘她的家住哪，後來又頂著風雨去載翊妘。她對於我的遲到並沒有多說什麼，或許是我的表情透露出不安，亦或者是我的樣子很狼狽，總之，回去的路途上她一句話都沒有說。

「你的天空感覺很陰暗。」下車後她拿下安全帽說的第一句話。

「嗯，對不起。」

「為什麼要跟我道歉？」她把身上的雨衣脫下，鏡片後的雙眼熠熠閃亮。

「我遲到了。」

「這不是真正的理由吧。」

「妳要的是什麼理由？」

「讓你一副要笑不笑、要哭不哭的理由。」

頓了一下，我抬頭望著她的雙眼，微微嘆了一口氣，什麼也躲不過她的眼睛。

「在上去之前，妳能為我唱一首歌嗎？」

「那麼迫不及待想聽到我動人的歌聲呀？」

「我還怕妳害羞到不敢在我面前唱歌。」我強打起精神對她開玩笑。

翊妘僅是對我淡淡的微笑，身體靠在機車坐墊上，唱起了梁靜茹的〈暖暖〉。我闔上

為什麼明明
我就在你身邊，
你卻不知道
我喜歡你？

眼，雨聲在我耳中頓時消聲匿跡，迴繞在我耳邊的是翊妘動人的歌聲以及情感，之前唱歌感覺是在抒發一時的心情，而這次的唱歌卻是溫暖在我心裡。

我突然覺得翊妘很有唱歌天分，又很會利用歌聲表達她說不出口的心情，至少原本糟透的心情像是被她治癒般頓時不再糾結於痛苦裡，不再像個迷路的人迷失了情感。

當她歌聲停止，我緩緩睜開眼，望進眼裡是翊妘溫柔的眼神。

「還是一樣很好聽。」我由衷的稱讚她，「謝謝妳唱給我聽。」

她低著頭，面頰浮現酡紅的色彩。我將雨衣曬好，將車鑰匙拔起，轉身幫翊妘提包包，但她緊抓著包包，不肯放手。我放下手，知道她想說一些話。

「讓你這樣難過，是因為……她嗎？」

不語，我只能以微笑作答。

31

當我們集合完，立即前往台中火車站附近的KTV唱歌。阿敬一直說到時候聽到他的歌聲不要感動到流淚，他會很困擾。但我知道他這句大話會在聽完翊妘唱歌後不攻自破。

各自付完錢後，我們先到包廂外頭用飲料和食物，回到包廂後每個人像餓死鬼般開始狼吞虎嚥，完全不在意現場還有女性。我將小蛋糕端給翊妘，她笑著對我擺擺手表示不要。

「為什麼不吃？妳在減肥呀？」

「我想慢點再吃，現在沒有什麼食慾。」她將身上的淡藍色小外套脫掉，放置在自己的大腿上。

「不要太拘束喔，把這裡當作自己家。」說完，我就把薯條往嘴裡丟。

「呵呵，你這樣還真隨性。」翊妘掩嘴笑。

望向坐在凱子旁邊的人，就是當時凱子載回來那個既奇怪又似乎能看穿一切的女生，她穿著相當率性，俐落的短髮，精巧的瓜子臉，穿上亮紅色的襯衫，搭配七分褲和黑色高跟鞋，感覺是相當有主見的都市女性。反觀看著凱子的台客穿著，不禁讓我搖頭嘆氣。

一朵鮮花插在一牛糞上。

她也發覺我正在看她，對我回眸一笑。我內心有種抽搐被電的感覺，太可怕了，感覺她不是一個簡單的角色。凱子是從哪裡搞來這麼……極品的女生？

第一首歌，當然是由我來開砲，因為我是男主角。

我先隨意在歌唱簿點一首五月天的〈離開地球表面〉，想說要炒熱氣氛，沒想到前奏才一開始就一直被霸主和凱子輪流嘘場，叫我快點下台。

「欸欸！你們很煩耶！」我拿著麥克風指著兩個畜生罵道。

「我們已經說好要先唱第一首歌耶！唱歌也要論先後啊！」凱子敲著碗筷叫來叫去。

「對啊對啊！我們兩個等待這一刻很久了！」霸主也翹著二郎腿叫囂。

找碴二人組。

「先後？你們哪有事先跟我講啊？什麼時候決定這件事？」我困惑問。

「現在。」

對不起，請老天爺現在賜予我一把機關槍，我一定要掃射他們。

我沒多說話，交給他們麥克風時，我對他們拍拍背說要加油，還看到他們的外套掉在桌椅子下，細心的撿起來。

因為我是個相當成熟的男人，所以我絕對不會跟他們計較，絕對不會沾鼻屎到他們的衣服上，絕對不會故意把外套丟到地上狠狠踩幾腳。

對，我是個相當有成熟魅力氣息的男人。

盯著台上唱個五音不全，又認為自己的歌喉所向披靡的兩隻畜生，我馬上拿起點歌簿點歌，把一些台語歌和兒歌都插播載他們選的歌之前。當然，他們唱得很盡興，也沒發覺是我做的手腳。

當他們唱完一首歌，要回座位時，我馬上從容的擋在他們前面：「你們還有歌啊，快去唱吧。」

他們一臉困惑的又回到原本的位置，接著，〈小星星〉的前奏旋律緩緩飄出。

「我們沒有點這首啊。」霸主一副想切歌的拿起遙控器。

「不要浪費時間！快點唱啊！」我哈哈大笑。

凱子倒是很隨和，開始哼哼哈哈的唱，我們也跟隨著音樂開始唱，氣氛很歡樂、很開心。

看著翊妘開心一起哼唱的模樣，不知道為什麼有種心滿意足的感覺，她的喜怒哀樂，也不斷牽引著我的情緒。

不知道是不是因為昏暗燈光下所致，我覺得今天她的模樣很美。

她今天穿著飄逸的長裙，似乎還有些淡妝，腳上穿著娃娃鞋，感覺很像是在樹下閱讀書籍的文學少女。她無意識的用手將頭髮撥去耳後，我的心開始噗通噗通的迅速跳動。

這種心情是什麼？

為什麼我的心會跳的那麼快？

我快速就腦中的一切妄想給消除掉，你們之間是朋友，難道你忘了嗎？你已經有郁雯難道你忘了嗎？你不能去傷害另一個無辜的女孩難道你忘了嗎？我不斷在內心裡吶喊著。

對，我不能傷害任何人，我已經有了她，我必須要給郁雯幸福。

我走至包廂外，重重吐了一口氣，想說去洗手間方便一下，剛好看到霸主也出來包廂。

「你也要去？」我指著洗手間的方向問。

霸主點點頭，我們兩個就一起去洗手間方便。正要洗手時，霸主突然開了口：「你是不是那個來了啊？」

我將手上沾滿肥皂，搓揉產生很多泡沫，一邊沒好氣看著他：「我又不是女人。」

「該怎麼說呢……」他的手托著一邊臉頰，一邊思考的說：「你今天感覺很怪。」

倏地我停止搓手，眼神有些無奈。「你不洗手真的很噁心，別忘了你的臉也要洗。」

「其實，我對郁雯的感覺，已經越來越沒有……」

「愛？」

「你不要插嘴，快洗乾淨。」

我抬頭望著天板，有些失落的說：「感覺越來越淡，而對她的不安全感也越來越強烈，我今天還湊巧看到她和一個男人在超商有說有笑的……」

「所以你認為她劈腿？」霸主毫無感情的戳中我的要害。

皺緊眉頭，我就像一個落敗者般說不出任何話。

「你有證據嗎？」

「證據不就擺在眼前了！」我對霸主有些大聲的回答。

「你又知道那個男人是她的新歡？說不定只是朋友，說不定只是一個搭訕者，說不定只是剛好湊巧遇到的班上同學。如果你誤會她，對她一點公平性也沒有。」

我頹然的靠在牆壁，是啊，什麼都有可能，我卻抹煞一切可能，她有她的男生朋友，我也有我的女生朋友，憑什麼我就認為她做的都是錯的？

我真的很自私。

「你對她真的沒有愛？」

「我……」

我不敢肯定，也不想肯定，我是真的喜歡她俏皮的模樣，我們很聊得來，只是，交往後變得有點不一樣，也沒像想像中的幸福美滿。或許這就是現實，明明知道每個人都有自

為什麼明明
我就在你身邊，
你卻不知道
我喜歡你？

己的不完美，我卻因為一時迷網與一時抱怨，而使我後來看待她總是淡淡的，也分不清楚期待或是憤怒，只覺得絲毫連一點真正的勇氣都迷失了。

是我在傷害這段感情。

「如果沒有愛，當初你根本不會跟她交往，對吧？」霸主伸伸懶腰。

如果沒有愛，當初你根本不會跟她交往。

這句話狠狠撞擊我的內心，即使郁雯有些小缺點，即使她這樣任性，我卻只想到負面而非正面，是我太幼稚、太怯弱。

「你今天帶那個期刊妹來，她也不知道這件事吧？我是不鼓勵你這樣做，被她知道後，她會做何感想？我這樣對你說，是擔心你感情陷太深，最怕是你有了一朵花，就開始虎視眈眈在窺探另一朵花。不要同時傷害兩朵花。」霸主走出洗手間前，丟下這些話。

視線頓時模糊起來，我將水狠狠潑在臉上，罪惡感漸漸爬上我的心頭。

32

唱完歌後，我騎車載翊妘回家，他們原本預計還要去續攤吃東西，但翊妘有門禁，不能在外面逗留太久，我便先暫時跟他們道別。

「阿敬很可愛呢！一直拿著鈴鼓搖啊搖。」她咯咯的笑說，「他還說我的歌聲略遜他一籌。」

在騎車路途上，翊妘開心的跟我分享說她唱了哪幾首歌，阿敬有多搞笑。聞言，我只能以微笑作為回應。

或許是她發現我有些不對勁，她的笑聲嘎然而止，我瞥向後照鏡，翊妘的表情變得很落寞哀傷，眼神有些黯淡，而我的內心像是被重重擰了一下，為什麼她的臉上會出現這樣的表情？

又憶起霸主方才在洗手間跟我說的話，我狠下心讓自己為此視而不見，不能因為自己的多情而傷害另一個女孩，我們只能是朋友，不是嗎？更何況翊妘把我當成朋友，我卻用多餘的情感看待她，明明已經有了郁雯，卻越來越會錯意。

頓時，我痛恨自己優柔寡斷的性格。

「阿徹……」翊妘微弱的語氣緩緩從身後傳出。

「嗯？」我努力讓自己的聲音聽起來是平淡冷漠的。

「雨停了呢。」

「嗯。」

「我現在想去公園坐一坐，可以嗎？」

「妳不是有門禁嗎？這樣的話……」

「沒關係，我現在很想去，你方便嗎？不方便的話沒關係。」她立即打斷我的話，語氣相當堅定。

我轉頭望著她，默默嘆一口氣說：「我載妳去吧。」

後來彼此也不知道該說什麼，一路上再也沒有任何對話，只有風呼呼的吹鳴聲。唯一不一樣的是，翊妘的雙手輕輕抓著我的衣角，到目的地之前，一直不曾放手過。

停好機車後，望著她走進公園內，我有些躊躇不前。我實在狠不下心不去關心她，很想上前問她為什麼會有那樣的表情？我該問她是怎麼回事嗎？

我心情有些複雜的跟在她身後，看著她在長椅前拿著從包包內取出的紙巾擦拭，然後又在另一頭位置擦拭，我知道她擦的另一邊位置是我的。

「感覺……你自從唱歌結束後，態度就變得有點……怪怪的。」

翊妘坐在椅子上，抬頭望著佇足不動的我，眼神流露出說不出的傷感。

為什麼妳的表情會是如此的哀傷？

「沒有啊……」我搔搔頭，不想透露出任何有關剛才在KTV說的話題。

「是嗎？」她踢了一下腳下的小石子，不再問下去。

經過雨水的滋潤，風中吹拂的淡淡寒意，空氣也微些潮濕，看著她瑟瑟發抖的模樣，我將外套脫下，披蓋在翊妘的背上。

「冷了，該回家了。」我將手插在口袋，試圖取得一些溫暖。

天氣真不是普通的冷，但如果男人不脫外套給女人穿，就不是男人！

「在去唱歌前，你的情緒低落是因為你的女朋友吧？要跟我談談嗎？」

喂，妳直接忽略我的話也太令人傷心了吧。

「謝謝，應該不需要吧。也許是我的問題，不能完全怪罪於她。」

「是嗎？」她又再度低頭。

這氣氛真的很尷尬，不知道為什麼。

好一段時間，她不再開口，而我坐在跟她隔了一個人位置大的椅子上，顯得不自然起來，怎麼辦？該怎麼打破現在的窘境？

「那個……」我艱辛的先開口。

「嗯？」她像是期待似的，用著發亮的雙眼望著我。

「我答應他們不能太晚回去，他們說要吃宵夜。」不知道為什麼，我只能扯出這種謊言。

翊妘期待的眼神頓時被失落給取代，她開始玩起她的小指頭，氣氛瞬間凝固到最高點。

周煒徹你這大白癡！都不懂得討女生開心嗎？

咦？討歡心？你都有女朋友了，這種行為不能允許吧！

我心中的白黑惡魔正在交戰中。

「那……以後如果你心情不好，我還是可以繼續唱歌給你聽喔！」她抿抿嘴。

「好。」

當下我只能這樣回應，總不能拒絕她吧！一方面是我真的很喜歡聽她唱歌；另一方面是，我不想讓她失望難過。

後來我載她回家後，她下車時又恢復先前的開朗，她脫下我給她穿的外套後，遞到我手上，要我好好玩，不要玩過頭。我對她笑著說好。望著她的背影消失，我才緩緩騎車回自己的宿舍。

一打開門，就看到原班人馬正在打牌，我直接放車鑰匙在櫃子上，就直接往房間走。

「回來了喔？你要去哪？」

阿敬咬著一根薯條在嘴裡，手裡拿著一堆撲克牌，正在做發牌動作。

「累了，想去睡了。」我伸懶腰，看著一桌上的油炸食物。

「我們有買你的份，不來吃嗎？」霸主關心的走過來，拉我坐在另一邊的沙發上。

「你都拉我過來坐了，能不吃嗎？」我苦笑的拿起一塊鹹酥雞丟進嘴裡。

當我抬頭看，發現凱子的傳說中女友還在這，我用眼神示意霸主，他一看馬上就會意，靠近我小聲說：「凱子說她今晚要留下來過夜，叫我們房門鎖緊一點。」

他這樣做比我更人神共憤。

我將遙控器對著電視按，畫面出現沒營養的搞笑綜藝節目，霸主輕推我的手，問我要不要打牌，我搖搖頭就繼續邊吃東西邊看電視。

不知道過了多久時間，等我意識到，我已經睡在沙發上一段時間，而電視早已被人關掉。我揉揉惺忪的眼睛，周圍的燈光很暗，看來他們都去休息了。緩緩拉開薄被，回到自己的寢室，我看向床頭櫃的鬧鐘，凌晨三點。

腦海中又浮現與別的男生開心說笑的郁雯，思忖著隔天要不要跟她直接講明說其實我已經親眼看到謊言，但若是誤會她的話，豈不是很對不起她？但是，如果她真的跟男性朋友出去的話，為什麼要選擇說謊隱瞞我？是因為怕我誤會嗎？

不過，我也沒資格說她，我自己都私下跟翊妘出去了…

躺在床上，或許，是我想得過多，事情沒有那麼複雜。

我只能選擇相信她。

33

我終究還是沒有多提郁雯那天的事，一樣每天的固定時間打給她，和她聊聊每日的心情。不是我不想問當天的事情，而是因為我選擇相信她。而帶翊妘去唱歌的事情我也讓郁雯曉得，她知道後只說是朋友的話沒關係，讓我大大鬆了一口氣。

過幾天後，我載翊妘去逢甲夜市，她說想要買幾件新衣服，她挑選衣服的速度很令人咋舌。經過一家會瞄一眼，沒喜歡的衣服就直接經過，有喜歡的衣服就馬上進去，絲毫不浪費一點時間在思考上，這應該是第一次跟女孩子逛街我最不嫌累的一次吧！

後來有去附近買大腸包小腸來止餓，我對翊妘的態度也近趨保守，不敢像之前一樣顯得過分熱情，或許她也深深感覺到我的態度變了，她一路上僅是買買東西，和我一起吃吃小吃，沒再提一些郁雯的事情。

「我們還是朋友的話，就不要這麼生疏，感覺很不好。」

載她回住處後，她上樓前回頭對我說了這句話。

寒假一轉眼就結束了，又恢復到無趣平乏的上課日子，班上同學的樣子都沒有變，雖然沒有髮禁，但是學校還是希望我們學生不要花太多心思在頭髮上搞怪。

社團時間也依舊同個時間，翊妘在學校時的模樣和私下出去玩的時候不大一樣，她會文靜的坐在位置上看著書，除非有人找她聊天，她才會從書本裡抬頭看著對方。基本上社團時間就是純粹找人聊天，所以我大部分的時間都與霸主和凱子去教室外亂晃，一下偷看熱舞社的女生跳舞，一下又跑去魔術社串門子偷學魔術好表演給女生看。

最不想待在教室的應該就是霸主，柯佳綺已經從期刊社消失，可能就如阿鴻老師當初所說的，她已經退社了。回憶起新學期的第一周社團時間，霸主衝的比誰都快，社團結束時待的比別人還久，只是為了確定柯佳綺是否真的已經退社。連續第二週、第三週過後，他的表情已經木然，開始找我和凱子出外採花採草。

我很想直接就給霸主一拳，過了那麼久都不敢直接和柯佳綺面對面談，難道要等到畢業後才會懂得後悔嗎？

我把我的想法跟凱子說，他也覺得霸主這膽怯的性格不好，以後會被女生吃得死死的。當我們兩個商量好一套說詞後，才跟霸主提到「柯佳綺」三個字時，他馬上右手向前平舉，比出了五字：「我知道你們要說什麼，老話一句，不用多說了。」

不知道這句話他已經說過多少遍，也不知道他逃避多少次。

不過，有一天，霸主逼不得已要開始面對了。

這天，因為課業壓力，我們都選擇要留晚自習讀書。當然，有人會疑惑，凱子不是不喜歡讀書嗎？他留晚自習幹嘛？他的回答是：「你們知道的，我怕你們沒有我會孤單寂寞，會哭著跑回家找我。沒關係啦，我犧牲點，看你們都紅了眼眶，是不是太感動？我這個人天生就是心腸太好。」

不用我多做解釋，他還沒講完他的「好人論」就被我們狠狠揍了一頓。

回到故事，那天吃完晚餐後，離晚自習的時間還有半小時，我們就去合作社買點零嘴和飲料，當我拿了紅茶去結帳時，從門口進來的竟然是柯佳綺！我馬上左右張望，看到霸主還在挑選餅乾，一臉懊惱不知道該選什麼，我馬上就擋在柯佳綺的面前。

「你是？」她一臉疑惑的望著我。

「呃……期刊社的社員，妳忘了嗎？」

帥哥總是容易被遺忘。

「哦，好像有點印象，我已經退出期刊社囉，不好意思。」她抿抿嘴，欲往我身後走去。

「等一下！」我立即抓住她的肩膀，她轉過頭還是一臉茫然，「我……我是霸主的……不對，官耀昇的朋友。」

霸主的名字很霸氣，從我認識他知道他的名字之後，就覺得他的名字和他的人根本不搭配，但小時後就會無聊幫他取個綽號。至於我，我不習慣有人用綽號叫我，他們也阿徹、阿徹的叫慣了，根本沒想過我沒有綽號這件事。

在說完這句話時，她的表情頓時變得很難看，原本困惑的臉轉變為憤怒，她把手中的小零錢包砸在我胸口，咬著下唇說：「所以呢？他不來找我，叫你代替他來？叫他自己來跟我說！」

我被柯佳綺激動的行為給嚇到，遲遲做不出任何反應，她的音量沒有很大聲，所以倒是沒鬧到整間合作社都知道。

「你傻站在這做什麼！叫他出來講啊！」她用手推了我一把，我險些絆了一腳。

「佳綺，不要這樣！」

霸主在我身後扶住我，我轉過頭望著他，終於肯出面了。

「你不敢找我講就找你朋友來？」柯佳綺指著我，臉上淨是憤恨。

「阿徹只是好意，妳不要會錯意。」霸主淡淡看我一眼，就將零食和飲料交給我，轉身就拉著柯佳綺往外走。「走，去外面講。」

「官耀昇！放開我，我不要！有種讓大家知道你有多孬啊！」

柯佳綺放開音量大叫，拚命用手搥打霸主的手臂，但霸主一臉平靜，完全不在乎旁人怎麼看，半強迫的拉她出去。

「沒事、沒事，情侶吵架而已，大家別在意。」凱子開始圓場，遣散周遭看熱鬧的人。

我把霸主的東西結一結，就和凱子一起走回教室，柯佳綺的零錢包還在我的口袋安靜的躺著，胸口還是有微些發燙。

我將霸主的東西放在他桌上，晚自習的桌聲也敲響了，望著空蕩蕩的坐位，希冀這次霸主能真正解決好事情，我可不想再看到他一副失魂落魄的模樣，在柯佳綺面前裝的一副英雄似的，私下時卻完全不一樣。

我完全同意柯佳綺的孬孬觀點。

晚自習結束前，霸主仍然沒回來，我們幫他拿背包，並傳簡訊跟他說我們先回去，他回傳短短一句「好」就沒下文了，回到宿舍，我和凱子各自回到房間。

那晚，霸主並沒回來。

34

隔天早上起床，我和凱子穿好外套準備出門時，霸主才回到家。

望著他的表情，我們一致搥向他的胸口，興奮的大喊：「不是蓋的喔！」

上課時，霸主的表情顯得有些心不在焉，傻笑到近乎白癡，我和凱子都搖搖頭。前一秒才像沒乞討到錢的乞丐一樣落魄，後一秒就像中了樂透般容光煥發，一件困擾幾個月的事情，只用了一個晚上就可以讓事情獲得解決，霸主真的不是普通的白癡。

當時霸主回到家，是喜極而泣，我們三個人在去學校的路途上不斷聊天，才得知柯佳綺並不是沒有跟霸主聯絡，而是霸主自己一直畫地自限，困在他所聽到的輿論，所以他選擇拒接，柯佳綺原本的性格就屬於有點衝動型，知道霸主不接她的電話後，她也就乾脆不理他，連社團都一起退，想等霸主的道歉，沒想到霸主就白癡在不了解女生的心意，一拖就拖了好幾個月。

昨天晚上他們兩個互相溝通過後，霸主就去柯佳綺的家過夜，凱子嘲笑他說才和好沒多久就進展那麼快。霸主卻說，去柯佳綺的家睡地板外加被她罵了一整晚，的確是進展很快。

我為霸主的幸福感到相當開心，也深深體會到他在感情路上會如此白癡。

「那個……有哪位同學願意借老師一把鐵尺？這投影片的機器怪怪的，要用一下螺絲。」上自然課時，自然老師一邊敲機器，一邊詢問台下的同學。

「我有！」

凱子迅速舉手，立即從背包內抽出兩把鐵尺衝到講台上。

我們兩個看見這景象，霸主首先發難：「他真懂得利用這個機會讓老師記住他。」

「就算記住他，老師也不會給他過的。」我相當冷靜的望著前方，雙手環繞於胸前，

「待會他回來就吐槽他。」

當凱子蹦蹦跳跳的走下來，我看著遠方伸出我的右腳，而他也不笨，直接跳過去，還回頭多補踹我幾腳。

好一隻畜生！

「都沒見你買過鐵尺，還一次兩把，偷的喔？這樣不好喔。」我斜眼看著他，露出睥睨的表情。

「我撿來的，相不相信？」凱子對我露出自信的一笑，在我眼中看來相當猙獰，「這還是在補修數學課時沒尺畫圖時老師撿給我的。」

「那麼方便喔，是不是只要我沒尺，老師就會彎個腰對我仁慈一笑：『孩子，尺拿去吧，想要多少把，老師統統撿給你。』」霸主學著數學老師娘娘的口氣。

我們聽完狂笑，立即遭到自然老師的白眼，我們很識相的馬上閉嘴。

每天的上課依舊是乏味無趣，而霸主的戀情在和柯佳綺談過後顯得變高調，柯佳綺知道霸主的顧忌之後已經對外宣稱已有男友，不再像當初給人若即若離、遠觀不可褻玩焉的

美女，霸主記取教訓後，每個禮拜都會抽空陪她約會，也會每晚保持連繫，至少跟當初的他比起來，顯得主動多了。

阿敬決定要繼續升學了。

他的工作收入和家裡固定匯錢已足夠幾年的學費，他希望在我們畢業前能一起享受當高中生的滋味，所以當我們知道這消息時，是很替他感到高興的。

隨著時間流逝，考試的頻率也漸漸增加，每位老師總是在給我們寫不完的功課和考試，讓我逼不得去面對接下來的大學學測。教室內充斥著緊繃的氣氛，每個人都想考上理想的大學，如果說不想根本是騙人的，但我很害怕會失去很多東西。

也害怕面對更多的新事物。

期刊社最近開始要社員們交出自己的作品，像是塗鴉畫畫、心情小語、散文、小說之類的，我不知道該寫什麼東西，只好不斷在空白紙上面用鉛筆亂畫。

「阿徹，你想好要交出什麼作品了嗎？」在社團時間的空檔，翊妘抱著一疊資料夾，對我笑笑。

「不知道呢，我的文筆沒有很好，就不考慮交什麼文章，但畫畫也不知道畫什麼，現在就隨便畫畫，順便構思。」我抿抿嘴，懊惱的回答。

「這樣啊。」她把一戳頭髮輕撥至耳後，緩緩靠近我背後，清淡的檸檬香味撲鼻而來，「你畫得好有趣喔！人物都相當可愛呢！」

我將我的畫放在她手中，對她說：「如果妳喜歡，就送給妳囉！」

「咦？這樣好嗎？這不是要拿去交稿的嗎？」

「我再畫一張就好了，就當作是我送給妳的禮物呀！」我站起身，伸伸懶腰，對她微笑。

「那……謝謝你。」她微微偏頭對我微笑，笑的很迷人。

望著她滿足的笑容，不知不覺也感染到她的喜悅。

「那……我拿這個跟你交換。」翊妘從口袋內拿出一包巧克力，上面的包裝相當精美。

「不用啦，不過是一張圖而已。」我搔搔頭，拚命搖手。

「這也只不過是一包巧克力而已，還是說，你討厭吃巧克力？」她用著流浪狗的眼神望著我，小小的癟嘴。

「我還算挺喜歡吃巧克力的，但是……」

「那就對了，不過是個巧克力，你就接受嘛！」她直接將巧克力推進我懷裡，咯咯笑著。

這根本是半強迫嘛，我在心裡無奈的想著，但嘴角卻是上揚的。

「好吧，既然妳都那麼有誠意了，我再拒絕就顯得有些矯情。」我佯裝有點心不甘情不願的收下。

「委屈你囉！」她對我嘿嘿笑。

「對了，」我指著她上的資料夾，問：「那是妳打算要交的稿件嗎？」

「對呀，我反而是畫畫不太行，所以這些是平時我無聊寫的散文，也有心情小語，雖然文筆不是很好。」她俏皮的吐吐舌頭。

「介意分享給我看嗎？」

「不行！等到校刊出了你就知道我投稿什麼。」翊妘抱緊身上的資料夾，對我露出神秘的笑容。

「好吧，那我就拭目以待囉！」

望著翊妘離開的背影，心裡還是相當好奇她會投什麼稿。倏地，我感受兩道相當詭異的視線，身上有種不寒而慄的感覺。

「不過是個巧克力嘛。徹，你就接受嘛。」凱子學著翊妘的聲調，還比出了蓮花指。

「好吧，既然妳如此有誠意，大爺就接受了！」霸主裝得很正經，還撥了一下頭髮，我絕對不會說他根本是在學我。

這兩個混蛋畜生！

「只會偷看還會做甚麼？」我冷哼一聲，不理他們，繼續低頭亂塗鴉。

「哪有偷看，我們是正大光明看耶！是你們大庭廣眾之下卿卿我我的！」凱子馬上喊冤。

「哪有卿卿我我的？」我一臉莫名奇妙。

「要我再演一次給你看嗎？徹，不過是個巧克力嘛。」

「好啦好啦！隨你們怎麼說，我跟翊妘只是朋友而已，又不會發展到那樣！」我立即打斷凱子的瘋言瘋語，對他們無可奈何。

「有發展那還得了，你都有聯誼妹了。」霸主適時的提醒我。

是啊，都有女朋友的人，若再妄想一些不切實際的夢，真的很不應該。

「我知道，我和她只會是朋友！」

當我說這句話時，不知道是不是不注意導致音量有點大聲，整間教室的社員都一齊看向我，我尷尬的笑笑說沒事後，馬上瞪著這兩名元兇。

「不關我們的事。」他們兩個馬上舉雙手打哈哈。

突然想起翊妘也是跟我同社團，她會不會聽到我剛說的話？我馬上尋找四周，發現沒有她的身影。

不知道為什麼，我暗自鬆了一口氣。

35

躺在床上聽了音樂，我很享受放學後在家休息的片刻幸福，不再忙碌，不再繃著一整天嚴肅的情緒，也沒人腦人的考試煩心，純粹聽著音樂，放鬆緊繃的肌肉，有時還會不知不覺睡著。

手機突然響起和震動，我皺皺眉頭，打開手機，螢幕顯示著郁雯的手機號碼。

我將音樂關掉，快速坐起身，立即接起來：「喂？妳今天過得好嗎？」

「不太好。」

她說話的音量相當小，我將音量鍵調至最大，好能清楚聽到她的聲音，我擔憂的問：

「為什麼？怎麼會不太好？」

「我……現在感冒，很不舒服，家人都不在，只有我一個人。」

郁雯用微弱的聲音回應著我，她的鼻音相當重。

「只有妳一個人在家？有沒有去看醫生？」我緊張的問道。

「煒徹……」

「嗯？」

「可以來陪我嗎？」

掛上電話時，已經是晚上十一點鐘，我拿起鑰匙和外套就出門，發動機車馬上催油門衝去郁雯家。

當一個人請求他人的時候，那個被請求的人會有種被需要的感覺，我現在就深深感受到自己是多麼被他人需要，還是自己的女朋友。想起她在電話另一頭虛弱的氣息，著急的心情使我的手有些顫抖。

郁雯現在一個人在家會不會很害怕？會不會身體虛弱到難以做事？她會乖乖喝熱水嗎？我現在滿腦子都是擔心她單薄的身子，再加上病魔纏身，會不會很嚴重？

等到到郁雯家的樓下，我幾乎是衝上去按門鈴，自動門緩緩開啟，我立即上樓，打開門望進眼簾的，是郁雯披著毛外套，坐在沙發上看電視的景象。

為什麼明明
我就在你身邊，
你卻不知道
我喜歡你？

「妳怎麼不好好躺在床上休息？」我板著臉責問她。

「躺很久了嘛，全身的骨頭都快要散了，更何況我在這邊坐著是為了等你來呀！」她對我笑笑說著。

「現在人也等到了，乖乖去房間休息吧。」

我心裡感覺到暖暖的，半哄著她，我攙扶著她進臥室。

「沒有那麼誇張啦！小病而已。」她被我逼到去床上乖乖躺著，嘟囔著。

我替她蓋上被子，握住她的手，感覺很冰冷，我坐在床沿，用雙手努力搓熱她小小的手。

「煒徹，只有你才會對我那麼好。」

郁雯睜著大大的雙眼，不知道是不是因為感冒的關係，總覺得今天她的眼睛非常動人，水汪汪的感覺。

「傻瓜，當然要對妳好呀，妳可是我的寶貝呢。」我將她的小手放在我的臉上，對她微微笑。

她吸吸鼻子，無辜的樣子可愛極了，我忍不住輕捏她的鼻頭，她「唔」的一聲以示抗議。

「我去倒水給妳喝好嗎？」我摸摸她的額頭，輕聲問。
她點點頭，我立即起身去臥室外找杯子和飲水機，這時後才發覺我是第一次來到郁雯的家，客廳相當乾淨，旁邊是小小的廚房，我走去廚房隨意拿個杯子裝熱水。回到房間，看到她在被窩裡拿著手機按呀按，我又皺了眉頭。
「生病還在玩手機啊，這麼不乖。」
「哪有，人家想說無聊等你嘛！就看一下手機呀。」她迅速將手機收進懷裡。
我無奈的搖搖頭，坐在床沿，小心翼翼的將杯子遞給郁雯。
「小心燙喔，我有加一點溫水，不會過燙，喝一喝對喉嚨會舒服一點。」
她乖巧的一口一口喝，我輕摸她的背部，看了一下手機時間，默默嘆氣，明天一定爬不起來上課了，真煎熬。
我將她喝完的杯子放在桌上，幫她蓋好被子，想想也差不多該回去休息了。
「那我先回去了，明天妳不要去上課，要記得向學校請假喔。」
我低下頭親一下她的臉頰，正要起身，卻被郁雯緊緊的抱住。
「怎麼了嗎？」我回抱著她，關心問道。
她用頭輕輕磨蹭我的肩，女性的體香讓我有些迷失的感覺。

「別走，留下來陪我，好不好嘛？」

她輕輕的喘息，我拍拍她的背，讓她的身體比較舒服。

「好。」

我默默坐回床上，懷抱中的人像隻獲得滿足的貓，緊抱著我，磨蹭我的胸膛。

「煒徹，喉嚨好不舒服……」她的聲音有些沙啞。

「那妳乖乖的躺著吧，我再去幫妳倒熱開水，晚點我去超商買喉糖和檸檬片。」我安撫她。

離開房間，我去廚房再倒杯熱開水給郁雯喝。她交給我她家的鑰匙後，我馬上拿了車鑰匙就出門。凌晨的氣溫微低，寒氣不斷侵襲我的四肢，我邊騎車邊縮了縮身子，尋找附近的超商。

停好機車後，正要走進店內，口袋內的手機倏地響起，我邊走邊直接按下接聽鍵：「喂？」

「你那邊好像有風聲，在外面嗎？」輕柔的聲音從手機傳出。

「對，這麼晚了，妳還不睡啊？」

我從架上尋找喉糖和檸檬片，不知道吃哪種的比較有效？都買好了，以防萬一。

「睡不著，想找個人聊聊天。」她頓了一下，才又緩緩開口，「你現在在忙嗎？怎麼那麼晚還在外頭？」

挑選完後，我立即就先去結帳，掏錢之餘，我將手機夾在肩膀與耳間，回答：「算是吧，郁雯生病了，我必須要照顧她，現在在買東西。」

店員幫我結帳完後，我馬上就衝出去準備要發動機車，突然想起電話還沒講完，也沒聽到另一頭的講話聲音。我狐疑看了一下收訊格子，滿格，奇怪，怎麼沒聲音？

「喂？喂？有聽到我聲音嗎？」風聲很大，我也只好提高嗓音問。

「有。」

「妳剛剛有說話嗎？我剛在結帳可能沒注意到。」

「我剛沒說什麼。嗯……希望她能早日康復呢。」她講話語氣很平淡，似乎沒什麼情緒起伏。

「謝謝妳，我現在要騎車回她家，可能不能好好跟妳聊天了，改天有空再聊好嗎？」我充滿歉意的說，一邊發動機車。

「嗯。不用太顧慮我，她比較重要。」

「不要這麼說啦，妳也很重要呀，只是因為她生病。」我急忙解釋。

「我知道，趕快回去吧，別讓她等太久了，我現在倒是想睡了，你也早點睡，晚安。」她立即打斷我的話後，不等我的回應，馬上就掛掉電話。

第一次，翊妘沒等我說晚安就直接掛我電話。

我一臉納悶的盯著手機看，怎麼感覺今天的翊妘脾氣不是很好，就像是吃了炸彈似的，還是她剛好好朋友來訪，促使她的情緒有些不穩定？

頓時，內心莫名浮現失落感，如果是平時被掛電話，我可能也不大會去在乎，但是這次卻是翊妘掛電話的，似乎把我整個思緒打亂了。

她或許是氣我沒辦法跟她聊天吧？

胡亂的猜測後，我拍拍自己的臉，暗罵自己別想太多，就立即騎回郁雯家。

36

「所以你今天遲到的原因是照顧病人？」霸主一臉好整以暇的盯著黑板上的筆記，邊問我昨晚發生的事。

「不然呢？」我沒好氣的回答，重重打了一個呵欠。

「還以為你昨晚就開竅，懂得去女孩子家過夜。」霸主對我笑得很曖昧。

我馬上伸出一隻腳踹他的桌子。

「有沒有發生什麼事？有沒有！有沒有！」凱子在意的重點只有這個。

昨晚，一回到郁雯家，她已沉沉睡去，我小心翼翼地將東西放在床頭櫃上，她的床旁邊地板下有鋪著床墊和被子，頓時我的心有暖流流過，她其實還是很用心的。

走近她的書桌，擺滿了可愛的小飾品和照片，照片裡有她小時候得獎所拍的，也有她和朋友們一起出外玩拍的。小時後的郁雯相當可愛，穿著白色蕾絲的洋裝，留著短短的西瓜頭，格外逗趣。

視線慢慢被一本粉紅色的筆記本給吸引，裡面似乎有很多照片和文字，我的手有些隱忍不住想要翻閱，但這本明顯就是郁雯的心情筆記本或記事本，攸關她的隱私，我不能不尊重她。

但是我的內心一直驅使我去碰，我深深吸一口氣，又吐氣，才狠下心轉過頭不去看它。

要是被郁雯知道我看了她的日記，我想她一定會非常生氣，我才不想拿我們之間的感情去冒險。

我關上房門，正要去洗手間時，大門緩緩開啟，一名不認識的男生走進來，高高瘦瘦的，戴副黑色粗框眼鏡，長相相當清秀，是個可以迷倒萬千女孩的類型。他看到我的時候呆愣一下子，我也怔愣在原地，不知道做什麼反應，倒是他很快就回過神，低啞的聲音緩緩出口：「林翊妘的男朋友？」

我木訥的點頭，還是不知道怎麼開口。

他一臉恍然大悟似的，眼神在我身上掃了掃，臉上戒備的表情趨於和緩，他脫下大衣，就友善對我伸出手，說：「我是她弟，叫我阿岳就好。」

我立即回過神，也伸出另一隻手，微笑說：「我叫阿徹。」

「剛剛進門我還不小心嚇一跳，以為你是小偷勒。」他俊帥的薄唇微微上揚，揶揄道。

真的是讓男人都忌妒的臉孔，郁雯家的家人基因都那麼好嗎？

「抱歉，我不是有意的，只是你姊感冒了，想要我來這裡照顧她。」我帶有歉意的抓頭。

「她生病了？」阿岳望著她房間的方向，又回頭看著我，壓低音量小小聲說：「那真是辛苦你了，她一定超難搞的吧？」

「不會啊，倒是你們的父母怎麼會不在家呢？」

「他們工作很忙，常不在家，所以家裡常常只剩我姊和我。」他聳聳肩，一副不在乎的樣子。

見他的反應，我不多說些什麼，就跟他道個晚安。

當我從洗手間出來回到房間時，看到郁雯的已經坐起身，吃著我方才買的檸檬片。

「吵到妳了嗎？」我走近她身旁，摸摸她的臉龐。

她搖搖頭，一臉好奇的望著我：「剛剛是我弟回來嗎？」

「對啊，剛好遇到就小聊了一下。」我寵溺的將她抱在懷裡，享受她那份柔軟。

後來，我們彼此不再講話，郁雯嫩白的纖手攀上我的肩膀，她的吻有著淡淡的檸檬味，身上的柔軟使我的理性更將煙消雲散，我將她輕壓在床上，她的眼神很勾引人，又泛著無辜的水波，與她熱烈的擁吻後，她輕輕吟了一聲，我的理性頓時回來一些，隱忍住強烈的慾望，改從背後抱她。

「睡吧，很晚了。」我啞著聲，抱緊她。

「你不想要嗎？」

她的聲音在感冒時更顯得誘惑人心，她的纖手撫摸著我的手，我怕我把持不住，立即起了身，深吸一口氣，一屁股坐在她特地鋪的床墊。

「要的話也是等妳感冒好才行，對病人這樣不大好。而且……我怕妳傳染給我。」我扯出笑容，故意開開玩笑。

她似乎有點不大高興我的回應，冷哼一聲就背對著我。

我用手輕碰她的頭，她用手很用力的拍開。

嘆了一口氣，我輕輕的在她額頭上親吻，她猛然轉過身用力推開我，殘忍的用手不斷抹去我對她的一片心意。看著她的作為，內心猶如被重搥般疼痛，我卻無法對她發火。

因為是我先選擇拒絕她。

無奈看著她鬧脾氣，我默默躺在床上，不時往旁邊的她瞧瞧，也不知道過了多久，聽到了規律的熟睡聲後，我也敵不過睡意，後來跟著沉沉睡去。

「這就是結局？」凱子有點驚訝，有點失望，但幸災樂禍的表情居多。

「不然呢？你以為我會像你一樣禽獸嗎？我還知道什麼是該做、什麼是不該做的。」

我看如果是凱子的話，二話不說先上了再說。

「她挺主動的耶！」霸主聽完整段故事後，沉思半晌，說出感想。

我並沒把親吻之後她的冷漠反應跟他們說，我希望在他們的心目中，郁雯還是美好的。

「嗯，老實說當時看到她主動的表現，原本還挺有感覺的。但……」我有點難以啟齒的說著。

「我懂，太主動反而會讓男生退縮。」霸主點點頭。

霸主雖然說得沒錯，但除了這個理由外，是我覺得我們進展太快，感覺事情發生得太突然。或許我的觀念比較古板，但我認為我還不太了解郁雯，加上沒遇過像郁雯一樣如此主動的女生，這點倒是使我卻步了。這種事還是要兩情廂願才行，雖然那時我很有感覺，但心中總是覺得不踏實。

並不是說我對郁雯沒感覺，只是我當下的念頭告訴我，這樣做對她是不尊重，是不好的。

經過這件事情後，翌日，她表情相當淡漠的叫我去上課，無論我怎麼求情道歉，她依舊不領情，最後我只好摸摸鼻子的去上課，她連一聲出門小心都吝嗇出口。

對郁雯來說，或許我做得再多也只是當作草草應付了事。

至少阿岳是笑著揮手送我離開。

之後幾天，郁雯都不接我的電話。一開始我想因為有錯在先，就任由她如此，但幾天後我真的忍不住了，有必要這樣嗎？或許她真的覺得我拒絕她是不尊重她，但氣也該消了吧？我又不是不道歉，難道對她來說，性關係很重要？

我的內心感受卻不重要嗎？

她氣還沒消，我想著想著火氣都有點上來了。

看著書桌上滿滿的化學式，我頭疼的闔上課本，開始漫無地的在原地走來走去，不知道該做什麼事情，又不想看那些乏味無趣的書本，拿起丟至枕頭下的手機，想撥給那位任性的小公主，才正要按下撥號鍵的手指，又頹然的離開按鍵。

反正她都不願意接我電話，打這麼多電話有用嗎？自找罪受。

默默嘆了一口氣，我撲在床上大字號趴著，將臉埋進枕頭內，實在不願去想任何的思緒。

倏地，手機的鈴聲響起，郁雯終於想通了嗎？我立即起身，興沖沖接起來：「郁雯妳氣消了嗎？」

另一頭沉默半晌，才緩緩回答：「抱歉，我不是你的郁雯。」

我有些愕然將手機從耳邊移至面前，看著手機螢幕顯示：「翊妘」。

「對不起，我沒想太多，所以就……以為……」

雖然知道翊妘不會看到，我還是感到羞愧的低下頭。

「沒關係。」她輕描淡寫的說，沒有任何情緒起伏，「在等她電話嗎？」

「她好幾天不願意接我電話，我也不知道她會不會打給我。」我苦笑的說。

「需要談談嗎？你和她的……感情。」

「倒是不用啦，妳就當作這次會這樣都是我單方面的錯吧，沒什麼好說的。」我緩緩將背靠在牆，將頭靠在膝蓋上，無神的望著同一個的地方，毫無焦距。

「你已經不願意跟我繼續談心了嗎？」她講話很小聲，卻還是被我聽見了。

頓了一下，我說：「妳剛剛有說什麼嗎？」

「不，我沒說什麼。」

對不起，翊妘，不是我故意裝傻忽略妳所說的話，而是這件事實在不太方便跟妳談，要是讓妳知道郁雯和我吵架是因為性關係，妳肯定笑掉大牙的。

還有，我怕，我會太依賴妳，希望跟妳講很多很多事，希望妳能跟我說建議，告訴我該如何做。但是，其實我更怕的，我會像霸主當天所說的，會傷害了妳。

我在心裡不斷的吶喊，在空氣飄散的卻是規律的呼吸聲，短暫的沉默使我不自在的扭動身子。

首先打破沉默的，還是翊妘。

37

「煒徹，我想去公園，你可以陪我去嗎？」

載著翊妘到之前我們曾待過的公園，公園的街燈微微照耀，她背對著我，不知道為什麼，背影顯得很落寞。

她的雙眼有些泛紅腫腫的，當我問她是不是熬夜做報告或讀書之類的，她只是不發一語的搖頭。

陪她一同坐在當初坐的長椅，唯一的差別大概就是沒有雨水侵害，地面和椅子上都是乾乾的。冬季的寒風吹拂在我的臉頰上，雖然稍稍刺痛，但總比雨天後潮濕的天氣還好。

她穿的小雪靴不斷擺動，雪靴上小毛球在空中舞動。我盯著她，她一臉欲語還休的模樣，我也不好意思催促她，只好又默默低頭看著地板。

「你想要聽一個小故事嗎？」她沒看我，抬著頭望著夜晚的星空。

我沒回答她，只是用困惑的眼神望著她。

「有個女孩認識一個男孩，女孩覺得他很特別，原本對他只是像朋友般一樣感覺，漸漸的，越來越在乎他，也很喜歡和他一起相處的時光。直到某一天，男孩跟她說他跟另一個女孩開始交往了，女孩心如刀割般心痛，卻也只能默默祝福，只能在他看不見的地方默默注視著他，女孩不懂為什麼自己為何有這些心情和行為，」

她吞了吞口水，又接著繼續說：「一直到那男孩邀女孩唱歌，那男孩顯得情緒有點不好，女孩邀他去公園後，望著男孩片刻，她終於知道，原來自己對他已經從在乎變成了愛。女孩愛上了男孩。但愛上了，有什麼用？他有女朋友了……」

是我的錯覺嗎？這故事聽起來怪熟悉的。

「男孩的心裡在想什麼，女孩完全不知道，卻還是不斷的猜測，猜測男孩的心情，他的想法，他的一切，只是因為女孩太在乎他。然而，男孩只關注他的女朋友，女孩想多做什麼讓男孩多注意她，都只是枉然，因為男孩根本沒注意女孩過。」翊妘面對著我，表情相當悲傷。

頓時，我知道這故事裡的男女主角是誰。

沉默，我只能以複雜的心情望著她。

「為什麼你看不到我，我……一直都在你身邊啊。」翊妘的眼眶溢滿著淚水，我不禁怔愣住。

為什麼明明
我就在你身邊，
你卻不知道
我喜歡你？

「聽著你說別的女生的事情，我總是聽得心如刀割，我好想跟你說，她明明不好為什麼你還繼續留在她身邊，明明我一直在你身邊啊……為什麼你眼中就是看不到我……」

她望著我，淚水隨著她的臉頰緩緩流下，我想為她拭淚，但手卻不聽使喚的僵固在原地。

「我喜歡你聽著我唱歌的沉醉表情，喜歡你說著興奮的事情時開心表情，喜歡你看著遠處不講話思考的嚴肅表情，也喜歡你關心我一切的溫柔表情。你的一切我都好喜歡好喜歡，我的眼中都只有你，但你的眼中卻只有她……」

看著她拚命擦著流不完的眼淚，我的心裡有如被重擊般心痛。我完全都不知道她對我有這份特殊的心意，只是很喜歡和她相處的時候，可以開心的打打鬧鬧，很輕鬆，很舒服，完全沒有壓力，心事也只想對她說。

直到霸主跟我說明白的那次，我才了解到，自己還是必須跟翊妘隔一道小牆。

但我能怎麼辦？我已經有郁雯了，我無法回應她對我的感情。

「她能任性的要求你在半夜陪她，我卻只能獨自在夜裡不斷想念著你，妄想你在我身邊抱著我，聽著我說我有多愛你；她能以他女朋友的名義大方去你的班級找你，我卻只能害怕你會被別人或是她誤會，所以只能假裝不經意經過，偷偷看你一眼也就心滿意足……」她低下頭，盯著地上看。

我不知道她說這些話此刻的心情是怎樣，我想可能是心碎的滋味。我們的命運就是如此，我只是以一個對好朋友的態度來對待她，從沒想過有進一步的關係。

又回想起霸主當初在KTV對我所說的話：「最怕是你有了一朵花，就開始虎視眈眈在窺探另一朵花。不要同時傷害兩朵花。」

當初對她有萌生小小的情愫，被霸主說的話給狠狠打醒。

我本來就不該同時擁有兩份感情，那樣是種傷害、是種自私、是種不負責任。

此時的天空沒有任何的璀燦星星，被片片烏雲掩蓋住其光芒，原本皎潔的月光也被遮掩得黯淡無光，猶如翊妘的眼神。

我深深吸一口氣，猶豫著該怎麼回答翊妘時，她伸出手指輕輕覆蓋在我的唇上，努力撐著笑說：「不要對我說任何話，我要的不是你的答案。我……只是想讓你知道有我的存在，我根本不奢望這一切會往我希望的方向走。還記得當初對你所說的嗎？不要把自己的慈悲建立在別人的痛苦上。」

聞言，原本想說出的話就梗在喉嚨，我沉默的望著她，不做任何反應。

明明心裡很痛，明明看著她難過的樣子想安慰她，明明一點也不想讓她受到委屈，為

爲什麼明明
我就在你身邊，
你卻不知道
我喜歡你？

什麼我想做一些努力都做不到，只能無力的看著她在一旁哭泣。

風微微吹散她的髮絲，我的手緩緩的伸出去，想要為她撫平被吹亂的髮絲。在快要觸碰到時她的秀髮時，我怔愣住，我不是她的誰，我有了郁雯，我不能這麼做。

默默的收回手，閉上眼睛，不想看見她難過的模樣。

「我好奸詐啊，竟然在你和她吵架的時候跟你說這些話。」她笑著，只是笑得很苦很苦，「我沒事，真的沒事，允許我繼續喜歡你，好嗎？我們還是朋友吧？吶？」

傻瓜，妳這樣像是沒事嗎？我睜開雙眼望著她，無法對著她做任何回應。

她輕輕握住我的手，我驚訝的望著她，她抿著嘴，唇有些顫抖：「現在，我握住你的手，就像我們當初認識時你對我所說的……能溫暖進你內心嗎？」

翊妘的手很燙很灼熱，燙到我的心好疼好痛。

我抽回手，冷空氣登時侵襲我的雙手，看著她期盼的眼神。

我終究還是傷害了她。

妳為什麼要選擇喜歡上我？我那麼差勁、那麼壞蛋，為什麼妳還願意待在我身邊愛我？我已經有郁雯了啊！已經是有女朋友的男人了，妳為什麼不願意放棄我？為什麼要用那種愛戀的眼神看著我？我根本沒有那種資格得到妳的愛啊！

不要再這樣對我笑了，翊妘，我不值得妳對我如此付出。是我的多情讓妳有所誤會嗎？還是因為我優柔寡斷的態度讓妳覺得妳還有機會？是啊！一定是我的問題吧！不然妳那麼好的女孩子怎麼會看上我？一定是我態度曖昧，不夠明確表示，才會造成妳現在對我的感情。

咬著牙，我忍著內心的煎熬和痛苦，說著讓人麻痺的話：「妳說過，不要把自己的慈悲建立在他人身上吧。」

聞言，她原本充滿希望的表情頓時被愕然取代，漸漸轉為悲傷。

「對不起。」

38

有時候我會自我厭惡，厭惡自己不斷無意識的殘害他人，還自我感覺良好。說實在的，我根本只是個失敗者。

把傷害欣惠的話又拿來傷害翊妘，我真的很該死，痛恨自己的無能，無法給她們幸福，卻又給她們一絲絲光芒。兩個很愛我的女孩，因為我，浪費她們的青春和心力。

我不能若無其事的繼續和翊妘當知己朋友，這樣只是持續對她繼續造成傷害，並不是最佳的解決方式，所以我選擇疏遠翊妘。

我把翊妘告白的事情跟霸主和凱子說，他們沒多說什麼，只是拍拍我的肩膀，要我想清楚就好。

但其實我什麼也不清楚，完全不知道我這樣是錯還是對的，只知道我又傷害了一個人。被一個人深深喜歡著，應該是很幸福、很快樂的事情，在我看來，卻像是被沉重的負擔給壓迫著。

我突然希望翊妘那時不要跟我告白，不說可能我心裡永遠不會知道，就可以繼續當著朋友。

但我懂，我這樣的想法很糟糕，我只想著要逃避一切現狀。

所以，我只能躲避著翊妘，逃避著可能有她出現的蹤跡，每一處、每一個地方，甚至是當時告白的公園，我都盡可能的逃離。

經過我幾次苦苦哀求後，郁雯終於願意搭理我，並原諒我當時的行為。我給不起其他女孩的幸福，至少我能給郁雯她想要的幸福。這樣想想，內心就會好過一些，罪惡感就會減少一些。

我開始每天買早餐送到郁雯的班級，傍晚的放學時間，因為職科的學生很少人留下晚自習，包括郁雯，所以我選擇先載郁雯回家，再回來學校上晚自習的課。

郁雯一開始對於我的轉變不大習慣，只說我變得很奇怪，我只笑著回她說，因為太想她，想要關心她之類的噁心肉麻話。

我只是想給郁雯真正的幸福。

社團時間我也盡量不和翊妘講話，真的不小心面對面對到眼了，我會選擇立即避開。我不知道翊妘的感受如何，只知道她似乎懂我的想法，也不會主動過來找我說話。如果社團有事需要跟我傳達，她會透過別的社員轉達讓我知道。

給不起別人感情，就只好連對朋友的感情也一併收回。

我和翊妘之間就像是熟悉的陌生人，明明對彼此都很熟悉，卻只能裝作完全不認識。好幾次我好想問她說最近好嗎？但看到她文靜的坐在座位上看著文學小說，想說的話又吞回肚子裡。

我們不能是朋友。

我無法在知道對方對我有感情後，還天真的繼續當朋友。之前的教訓讓我受夠了，欣惠的事情讓我知道當朋友是不被允許的。

雖然有聽說過很多對情侶在分手後反而能當摯友，在我身上，這套理論卻會被狠狠打破，我壓根不相信。

假日這天，我拿著書本去郁雯家，前幾天和郁雯約好要一起讀書。騎車到她家樓下時，按了幾次門鈴都沒有回應，打手機也沒人接，我開始有些擔心，只好在她樓下來回踱步。

這時有輛重型機車騎過來，在我面前停下來，當那名機車騎士拿下安全帽時，我才停下我的腳步，緊張的問道：「阿岳，你知道你姊怎麼了嗎？」

阿岳耍酷似的撥了一下頭髮後，才一臉疑惑望著我：「我姊？她不是待在家嗎？」

「我也是這樣想，但是按門鈴沒人回應，打電話又沒人接，我不知道該怎麼辦的時候，剛好你就回來了。」我不安的用手托著腮子，想著無限可能。

阿岳像是頓悟般，馬上大手攬著我的肩，豪氣說：「呃，她可能在忙吧，你要不要陪我吃飯，我還沒吃飯，快餓死了。」

「可是你身上有牛肉的味道。」我一臉疑惑望著他。

「是喔，我有吃牛肉麵啦！但是現在還是很餓。」他趕緊接話。

我嗅到很重的陰謀味。

狐疑望著他的表情，半晌，我拉著他的肩膀，低聲問：「你知道你現在很不自然嗎？」

「我不懂你的意思。」他說這話時，臉別過去另一邊。

果然心裡有鬼！我沉下臉，瞪著郁雯家，又回頭看著他，覺得他好像有事瞞著我。

「阿岳，我不知道你到底在幹嘛，但是不要欺騙我好嗎？郁雯到底在哪裡？在幹嘛？我看你一副就是知道，為什麼不說？」我雙手緊抓著阿岳的肩膀，用力搖動。

「你不會想知道的！」他很大聲的反駁我。

為什麼你看我的眼神有種……同情？

「我就是想知道才會問你啊！我又不是白痴！」我咬著牙，也大聲回應。

阿岳，我討厭你現在看我的表情，為什麼既是同情又是哀痛？我做了什麼事情需要你用這種神情看我？

他重重吐了一口氣，闔上雙眼許久，才緩緩睜開。

「我覺得你是個不錯的人，才不想傷害你。」他好看的臉龐被散亂的頭髮掩蓋住。

「你到底想說什麼？」我已經有了不耐煩的感覺，「開個門讓我看看郁雯有那麼困難嗎？還是你們兩個聯合騙我什麼？」

他從口袋內拿出鑰匙，用拋物線式扔給我，我的右手反射性接住。

他一腳又跨上機車，背對著我，我看不見他此刻的表情。

「上樓你就知道了，我不想看到討厭的畫面，先走了。」他頓了一下，用著低啞的嗓音繼續說：「鑰匙用完就放在盆栽下。」

什麼叫討厭的畫面？

望著他催油門急速離開現場，我不知道他話中的意思。我將大門打開，心臟跳動得很厲害，眼皮也跟著不斷的跳動。隨著上每一個台階，每一步腳步就顯得更加蹣跚，忐忑不安的心情不斷在我內心滋生。

打開大門，客廳空無一人，但桌上堆了三、四罐台啤，也有殘留剩無多少的小菜。讓我注視最久的，是沙發上的女性上衣和胸罩。

我緩緩走近沙發旁，腦筋一片空白，不會吧？我幹嘛想那麼多？說不定這是郁雯媽咪的，一件女性內衣掉在這很正常吧？我在擔心什麼勁？

拜託，這是郁雯自己家耶！我幹嘛一直想到別的地方去，哈哈，我好白癡喔！都怪阿岳走之前一直對我亂說話，搞得我的情緒也變很怪。

我將喝完的啤酒罐丟入垃圾桶內，一直嘲笑自己，電影看太多，一直幻想電影情節會發生在現實生活中。才不會那麼剛好，對吧？

但為什麼我的手指一直顫抖？我在害怕什麼？為什麼我不敢去郁雯房間看看？混蛋阿岳，幹嘛亂說話讓我想入非非，如果你是故意嚇我的話，那我想對你說，你成功了。該死的！

我快步至郁雯房間門口外，深吸一口氣，整間房子的氣氛讓人很討厭，聽不見房間內的聲響，我輕吁一口，明明就沒人，把自己搞得那麼緊繃幹嘛？

正要觸及門把時，門，緩緩的，打開。

而我原本硬扯出的笑容，瞬間凍結。

39

「阿岳，你回來不要神不知鬼不覺好不好？我都快被你……你是誰啊？」

說話的是當時我看見與郁雯一起在超商嬉鬧的男生，他蹙眉望著我，我像是不速之客的存在。

他沒穿上衣和褲子，只穿了條四角褲。

周遭的任何一點聲音，包括呼吸聲，我什麼也聽不見了。我只能死盯著眼前的男生，和他身後窩在被窩的凸出物，

為什麼？

到底是為什麼？

我做錯了什麼嗎？

我是做了什麼滔天大罪老天爺才會想這樣懲罰我？

這狗屁鬼扯之白爛事發生在我身上真他媽的該死！

「許—郁—雯！」我咬著牙，忿忿的怒吼，聲響充斥整間屋子。

被窩裡的人，像是被嚇到的動一下，過了幾秒，她才披著外套緩緩走出來，面無表情，也看不出來她在想什麼。兩個狗男女站在我面前，真是有夠礙眼！

郁雯沒穿上衣，只披了件外套。我木然的看著她，內心像是被重擊似的，敲醒著我，擊痛我的心臟。這就是妳假裝不在家，然後也不接我的電話在做的事情？

為什麼我看不到妳的臉上有一點悔恨慚愧？

「你先回家吧，我晚點再打給你。」她輕拍那男生的手臂，輕柔的說。

望著她的纖手放在那男生身上，我僵硬的轉過頭，我怕我會衝動揍了他們兩個。

那男生在我和她的身上來回注視，像是懂了，他抓著衣服立即出門，留下我和郁雯在原地。

「所以呢？是阿岳多管閒事嗎？」她說。

她沒任何表示，沒有哭著求我原諒，沒有一臉愧意說她不該這樣，沒有抱著我求我不要離開她，也沒有為眼前的事情做任何解釋，她什麼事都沒做，只是一臉淡然的靠在門邊看著我。

「妳……不解釋一下嗎？」我壓著心中的怒火，從口中努力擠出話來。

「他是性伴侶，就是那麼簡單。」她聳肩。

「妳……這樣有什麼好得意的？是因為我當初拒絕和妳發生性關係？妳就找另一個男人來氣我？」

「少往臉上貼金，他是一直都存在的，我解決他的需求，他解決我想要的，模式就這麼簡單？」

「妳這樣跟蕩婦有什麼差別！」

我用力揮拳砸向門，木門被我打破了一個小洞，我忽視手中隱隱作疼的傷口，眼紅的望著她。

「隨便你怎麼說，反正你都看到了，我也懶得說什麼。」

她越過我，走到沙發旁坐著，開始打開電視看。

妳真厲害啊！能做到這樣真的挺不容易的嘛，被發現做了壞事還可以處之泰然的做自己的事情，好厲害，很強，很棒嘛！

妳知不知道我現在氣到很想掐著妳脖子興師問罪！

「妳到底還欺騙了我什麼！」我憤怒的將身上背的書本重重摔至地板上，一臉恨意的瞪著她。

她就像一臉事不關己的模樣，低著頭玩弄著彩繪指甲，還翹著腳抖啊抖，看得我火到直接衝過去抓著她的手臂對她怒吼：「枉費我對妳付出如此用心，妳憑什麼！把男人當作是妳的玩物是不是！我捫心自問，從沒做什麼讓妳受到委屈！妳為什麼要對我如此殘忍？」

「我憑著我還沒結婚，還是『未婚』！懂不懂！」她對我嚷嚷大叫，掙脫我的手。

「你又不是我的丈夫，只不過是被我拋棄的『前男友』，少對我大小聲！」

「很好，非常好，都還沒提分手就已經把我歸類為『前男友』。」我咬牙切齒的暗罵。

我真的不懂，為什麼妳要玩弄我對妳的真心，難道我還不夠好嗎？我滿足不了妳的需求嗎？你飢渴到需要一堆男人伺候妳嗎？妳想要什麼，只要妳開口，我都幫妳搞定；只要妳任性鬧脾氣，我會願意先低頭道歉。

我真的不明白到底哪裡做錯了！

我闔上眼，不斷讓自己吸氣又吐氣，強迫自己冷靜下來，我不能這樣繼續兇她，不然以她的性格，肯定跟我唱反調到底。當我睜開眼睛時，又看到她那毫不在乎的嘴臉，我的火氣又漸漸上揚。

「不行，周煒徹，你不可以這樣，冷靜下來！」我拚命催眠自己，不斷對心裡重覆說著。

「妳是不是……還有別的男人？」我近乎咬牙切齒的說著每個字。

她「唔」的一聲沉思，然後用手指不斷梳著長髮，突然啊的一聲，甩著秀髮對著我笑說：「好像是耶！」

要不是因為她是女人，我早就一拳揮在她臉上了。

我沒見過像她這麼不要臉的女生，翻臉比翻書還快，劈腿還覺得理所當然。我不斷對她隱忍，想說她的觀念比較特殊，兩人在一起就是要彼此溝通，沒什麼事情比溝通還有效，放屁！

她不斷考驗我的忍耐界線，她這樣做的用意為何？喜歡看到我知道事情後的發火態度？還是她天生就喜歡這種場面？

我不懂，我真的不懂，為什麼事情會變成這樣？

「妳的腦子真的有問題，還可以這樣輕鬆的看待。」

「所以呢？」

「我跟妳之間沒什麼話好說的了。」

我忿忿的摔門，頭也不回的走出去，把鑰匙放進盆栽底部後，我立即跨上機車，加速油門，離開這個既骯髒又充滿著謊言的地方。

40

升上高三那時，因為離學測越來越近，導師在黑板上大大寫上可怕的數字，每天不斷告知我們離那可怕的日子越來越靠近。我不知道我的志向為何，每當班上同學無聊問我要讀什麼大學，我的回答都是聳肩。

越接近考試，霸主也不再和我們鬼混，開始奮發向上讀書，他說他想進中字輩的大學，像是中央大學、中興大學之類的。除了三餐和固定作息，他一定都是抱著一本書，連上廁所的時候都要帶小本英文單字本進去蹲。對於他的努力，我真的覺得很羨慕，比起沒有目標的我，他偉大多了。

凱子原本吊兒啷噹的模樣，最近也變了性格似，開始看著書本，只是沒比霸主還要積極。問他想要上哪所大學，他只說想進財經系所，大學不重要。

而阿敬，終於考進高中，當我們高三時，他還是高一的小毛頭，我們還為此取笑他，但他似乎為現狀感到滿足。

每個人都像有了目標似，拚命努力去達成，只有我，高三的生活還過得像高一一樣，既悠閒又漫無目的。

不得不承認，我還在為上段戀情傷神。明明自己付出也不算少，得到的卻是背叛；明明已經決心要給郁雯幸福，得到卻是謊言。

我討厭自己的無能，無能到有時間會偷跑去餐飲科看她一眼，無能到有時候會抓著手機盯著有著甜蜜照片的螢幕哀傷，無能到不斷去回憶有她身影的片段。

望著她沒有改變的笑容，知道她並沒有為我的離開而傷心，雖然一直都知道，但內心裡還是很疼很痛。

我拚命思考是不是自己哪裡做得不夠好？是不是在哪裡得罪了她？是不是不夠貼心對待她？無論我如何絞盡腦汁去想，那天的情景又會浮現在眼前，告訴我，再怎麼付出終究是如此。

哭不出來，努力擠出眼淚還是沒有流出任何液體，明明內心覺得很傷悲心痛，我的眼眶依舊是乾澀的，就像被抽空呼吸的玩偶般，每天重覆著制式的行為，過著沒人懂的內心生活。

他們雖然將心力放在讀書，但也會擔心我這樣繼續墮落會耽誤前程，偶爾陪我喝喝幾罐啤酒。到頭來，還是只有我一個人暗自傷神。

我不斷催眠自己單身的生活是美好的，但總是有空虛感侵襲著我全身。

社團在升高三後，也宣告停止，畢竟社團幾乎是給高一、高二的學弟妹玩的，高三就能只能認命準備考試，校刊也在前幾個月刊出，學校發出單子要我去領稿費，盯著紙上的黑字，我默默去排隊領錢。稿費有五百塊，我沒得到任何實感，只是漠然的塞進口袋，在走廊上漫無目的的閒晃。

連走路都顯得蹣跚，我真的很糟糕。

登時，有三個人擋在我面前。回過神，是班上的同學，我困惑盯著眼前的人，問：

「有事嗎？」

「當初你不是跟我說，你和許郁雯的關係只是朋友？」先出聲的是當時問我郁雯有沒有男朋友的高壯男生。

「呃……」我一臉迷茫的望著他們，不知道該說什麼。

「你耍著我們玩喔！」站在另一邊的男生推我一把，我摔坐在地上。

中間的男生，長得很斯文，也是身高最高的，他冷峻的表情使我有種羞愧的感覺。當時真的只是朋友，後來在一起也是讓我始終未料的啊！

為什麼現在分手後郁雯的事情還一直圍繞在我身邊？拜託能不能讓我逃離這一切？我不想再讓自己傻下去！我討厭被欺騙，討厭被當白痴，討厭被當成像是第三者！

有郁雯的回憶不斷在我腦海中像投影片播放，她的任何情緒、舉動，不斷牽引著內心深處的疼痛，還有當時她光著上半身穿上外套的場景，彷彿就在眼前，歷歷在目。

殘忍的表情和犀利的話語，像是像眾人宣告我的失敗。

或許是我愛錯了，或許一開始我就沒正視過自己到底需要什麼，才會淪落到狼狽的模樣。

為什麼明明
我就在你身邊，
你卻不知道
我喜歡你？

我知道接下來拳頭會狠狠揍向我的臉，闔上眼，我不想做任何掙扎，我好累很累，也懶得回敬他們。

過半晌，沒有想像中的痛楚，難道是那群男生拳頭綿軟無力？緩緩睜開雙眼，進入眼簾的，是熟悉的身影擋在我面前。我不禁怔愣住。

為什麼？

為什麼妳在這？

為什麼妳要保護我？

我那麼差勁，傷害了妳，妳為什麼要替我辯解？

我那麼無能，只會躲避著妳，妳為什麼要默默承受這一切？

我那麼渾蛋，只會辜負妳對我的真心，妳為什麼還願意笑著面對我？

第一次，我毫無寸鐵受人保護；第一次，我在有她的地方，流下了淚水。

為什麼？

為什麼妳要對我這麼好？

儘管我腦中有一大堆的問號，但內心卻不斷有暖流流動著。

她的背影好美、好堅定，我的眼中只專注於那堅毅的側臉，那無框眼鏡刻畫著她美麗的臉龐，望著她不斷為我解釋的舉動，原本已消沉的情緒轉變為一絲絲的喜悅。

「所以妳想說的是什麼？」聽完翊妘的一連串話，中間那名高瘦的男生只是冷淡的回應這一句。

「煒徹不是故意要欺騙你們的，一開始他們沒在一起，他是後來才跟……許郁雯交往的。」她耐心的再說一次。

「喔。」他漫不經心的看了她一眼，隨即銳利的眼神掃至我身上，「真可悲，還要女人替你扛，是不是男人啊？還像個女人家哭哭啼啼，難看。」

身旁的兩個男生聽了隨即哈哈大笑。

我不吭聲，只是默然的站起身，拍拍褲子的灰塵，握著翊妘的手臂，將她拉至身後，雙眼直盯著那個高瘦男生。

如果說，他是針對我的話，我無所謂，讓他們或罵或打我都無所謂，因為是我的錯，我會自行承擔。但是剛剛的話污辱到翊妘，如果我不出面就真的不是男人！

「煒徹……」翊妘的手輕觸我的背，語氣相當擔憂。

我沒回頭看她，只是瞪著眼前的人，不發一語。

感情本來就沒有誰對誰錯，只有付出多少和回報多少，而我在感情的路上顛簸且崎嶇不平，雖然受傷的心無法一時恢復，但我正努力讓自己學習如何給自己所愛的人幸福。

這次的愛情，劃下狼狽休止符，我除了短暫的怨天尤人外，什麼也做不出來。時間會沖淡一切，我深深相信著。但已經過了幾過月，連我自己都不曾去細數，我的痛依舊沒減少。

愛人並沒有錯，他喜歡郁雯也沒有錯，他會生氣也沒錯，是我自己對感情不負責任，以為郁雯對我有愛，就輕易的去接受這份不該屬於我的緣分，導致如利劍般的傷害。

他的視線也沒從我的雙眼離開過。兩人不知道對峙多久，眼睛開始發痠了，原本圍在周遭的眾人也紛紛離去。他抿了一下嘴，面無表情的轉頭就走，說：「走了。」

「你不找他算帳嗎？」他們其中的一人急著抓住他的肩問。

「不用了，感覺很幼稚。」

望著他們離去的背影，漸漸消失在另一端，我頹然的靠在牆上，喘著不知道在內心顫抖幾次的喘息，這可能是這幾個月第一次活的比較像人類的時候，我的手杵在額上，不斷苦笑。

「你……還好嗎？」她關心的問。

「沒事，讓妳擔心了。」我將手放下，抬頭對上她美麗的雙瞳，嘴角不由自主的往上揚。

她像是突然恍了神，然後雙頰染上緋紅，咬著上唇，她再度開口，不過態度明顯變了。

「對不起，你應該不想見到我吧！我一時忍不住就……對不起！」她慌亂的望著我。

我不懂她話中的意思，只是含握住她纖細的手，搖搖頭說：「妳沒做錯任何事情，不用跟我說道歉。」

感覺得出來她的手微微顫抖，是因為方才的事情感到害怕嗎？我脫下運動服外套，正要披在她身上，想要安撫她時，她緩緩推開我的手。

「怎麼了？」望著她低頭的模樣，心裡有種想呵護她的感覺。

「你已經有了她，我不可以這樣……」她喃喃的說。

聞言，苦笑取代了原有的一切感覺。她還不知道吧？我和郁雯分開很久的事情。都忙著躲翊妘了，她當然不可能會知道這一切，也不知道我被傷到已經有了麻痺的滋味。

但我卻希望在她眼裡的我，我是過得很幸福、過得很好的。我不想讓她知道這些醜陋的事情，也不想讓她用著憐憫的眼神看著我。

「對不起。」我緩緩說出口。

她困惑的望著我，不懂為何我要突然道歉。

「我們還是朋友吧？」

41

「所以，是想死灰復燃的意思？」霸主聽完整件故事的過程，翹著二郎腿剪腳趾甲的空隙，才開口。

「我們又沒在一起過，哪有那個灰可以燃？我只是覺得當初很對不起她而已好不好。」我沒好氣的盯著電腦螢幕，玩著無趣的小遊戲，手指快速點著滑鼠。

「是喔。」他一臉不相信。

凱子將他的筆電搬到我房間，放到我的床上來，說是想好好陪我們聊天，但我知道他只是想一邊跟我連線玩遊戲一邊聽我們聊的對話。

當我問他們怎麼不去讀書時，他們難得意見一致的說：「就是不想讀，想聊天。」

我還懷疑是他們先前就套好的。

「在你沒跟我說這件事前，我會懷疑你又遇到了春天之類的。」霸主頭也不抬，繼續修著那對有點扭曲變形的腳指甲。

「為什麼？」

「照照鏡子，你現在比較像正常人了。」

我真的聽話走到洗手間的洗手檯，望著鏡子內的我，眼神真的多出了一點光彩，嘴角還會不自覺得上揚，眉間也不再是蹙攏在一起，的確沒像前幾天那樣頹廢。

自從那次和翊妘重新和好當朋友後，我們偶爾會打個電話聊個天。我不知道她是已經知曉裝傻還是真的懵懂，彼此絕口不提郁雯的事情。這樣也好，如果她真的問起，我也不知道該怎麼回答她。

這樣就好。

「好像很久沒有像這樣一起聊天了耶。」凱子邊摳鼻孔，邊用空閒的另一隻手按滑鼠。

回到房間第一個畫面竟是如此不堪。

的確是很久沒聊了，看到你那樣噁心的挖法，任誰也都不想聊。

「你們都忙著讀書啊！」

「那是當然啊，每個人都希望上理想的大學，不付出努力的話，怕會後悔一輩子。」

說著冠冕堂皇的話，但筆電螢幕的畫面顯示著未滿十八限不可進入，我對著凱子搖搖頭，覺得他真的無藥可救。

他最沒資格說這句話。

「之前問你有沒有目標，你都說沒有，那現在有沒有想好了？時間可是很緊迫盯人的。」霸主修好指甲，去洗手間洗好腳後，進門就開口問我。

目標嗎？我迷惘的望著同一個地方，視線有些迷離，我想要的未來是什麼？我真的沒有認真思考過，我一直認為有大學念就好，管他什麼好科系好學校，但當霸主這時候又再度提問，我就像迷失方向一樣，前方明明有好幾條道路給我走，我卻躊躇不前。

我的課業一直都不算很好，維持中間水準就該謝天謝地，但沒比凱子誇張就是了。原本霸主建議我將目標設在離家最近的中字輩大學，但一方面是成績要求有些高，另一方面是聽說那所大學的科系很多是農業科系，並不是我的志向。但我也沒資格這樣說，我連未來歸宿在哪都不曉得。

我對他們聳聳肩，表示還沒有任何決定。

「不然這樣好了，去年我們不是有去台北玩過嗎？你可以將目標放在那。」霸主思忖一會兒，忽然提出來。

台北？那個既陌生又不熟悉的城市，我可以嗎？在那裡生活我會覺得好嗎？台北可是離台中有一大段的距離，絕對不可能通勤，這樣意味著要在那邊至少住個四年。

我說我會考慮後，彼此就不再談這話題。

其實我心裡很徬徨無助，也害怕孤單。

當我意識到時，我已經走至陽台外撥手機給翊妘。聽著她細軟的音調，我不由得放下內心壓力與煩惱，和她聊一下最近發生的事情，她說最近已經開始在學吉他，因為很喜歡唱歌，所以想試試看自彈自唱，不過因為準備考試，練習的時間不多，家人都很反對她學。

「我跟他們一再保證會顧好課業，他們才願意讓我買吉他，苦苦哀求一段時間了說。」她壓下音量小聲的說。

「那可真是辛苦妳了，要好好抓住自己的夢想啊！說不定以後妳可以當上歌手喔！加油！」我衷心的鼓勵她。

「才怪。」她靦腆的說。

「那……那個，」話鋒一轉，她講話突然稍微變得結巴，像是猶豫該不該說出來的感覺，「你看過新一期的校刊了嗎？」

「沒有，怎麼了嗎？」

「喔，沒有就好，沒事沒事，只是無聊問問而已。」她的回應有氣無力。

「妳有想過未來的大學嗎？」

過了半晌，她沒開口說任何話，忍不住，我還是問出口了，明明自己不想碰這個鳥話題，但卻好奇翊妘志在何方，她會像我一樣還找不到人生方向嗎？還是早已決定未來該走哪條路？

「有呀！我想去讀台北的大學吧！」

「台北？為什麼？」

「老實說，我想要讀離家遠一點的學校，學著自己獨立、自己生活，不靠父母的幫助。」

聽著她的說詞，我不禁羨慕起她，能知道自己該做什麼真的是件很棒的事，而我，只能聽著別人的計畫，妄想自己也有個夢。

「我到現在還是不知道自己想要的是什麼。」我苦笑說。

「那是因為你沒有想要珍惜的人，如果有，你會知道你該做什麼。」

「珍惜的人？」

「你知道嗎?我身邊的朋友，有人想讀醫學院，因為自己的家人得到不治之症，他希望能多學一些醫學知識來幫助未來相關症狀的人;也有人想讀觀光系，喜歡與人交際和帶團出遊，想要擔任導遊;或者有人想讀財經系，想要未來比較有保障。」她嚥了一下口水，繼續說:「而我呢，我是想要學法律系，之前家人因為車禍的關係要談賠償，卻因為不熟悉法律而吃大虧，我希望我能給家人一個安心安定的感覺，也給他們一個公道。」

「所以妳珍惜的人是家人嗎?」

「嗯，希望你也能找到你想珍惜的人。」翊妘的語氣相當真摯。

掛掉電話，我思考著誰是我想珍惜的人?而我又會想為了那個人做甚麼?

想著想著，我現在在乎的是那群陪我一同打鬧的朋友們，或許他們才是我想珍惜的人。

感情什麼的，就放在另一旁吧。

抬頭望著夜空，寥寥無幾的星星閃耀著，微風吹撫著我的肌膚，是舒服且愜意的，不斷彎曲已發酸的雙腿。隔壁間的鄰居講話聲相當大，感覺是附近的大學學生租屋在此，鬧哄哄的聲響使得我不禁蹙眉。

我故意將喝完的飲料罐丟至隔壁陽台，再迅速蹲下身，他們顧著吵鬧倒也沒發現飲料罐親吻地板的輕脆聲響，偷偷暗笑一會兒，才走進室內。

42

我知道很幼稚，但現在的我卻很開心。

每日拚命的讀書，在學校不斷的複習考試內容，晚自習還要繼續背單字，雖然乏味又膩感。但當學測來臨時，每天的不斷塞進東西的腦袋在那瞬間一下爆發，眨眼間什麼都結束了。

考完之後大家整個放開大力玩耍，幾乎待在學校就是聊天打屁，除了因為成績不理想還要考指考的人，基本上有三分之二的人玩瘋了，而我也不打算考指考，畢竟沒那個心再去準備。

我不會後悔自己的決定，但當成績出來的時候還是稍微感到失望，畢竟我比其他人起步還要晚，沒有資格在那邊傷心。倒是他們都考上了自己理想的大學，只有我，顯得有些孤寂。

他們原本因為我的緣故，不想要慶祝，但我覺得成績雖然不大好，但起碼還是有學校讀，所以我並不會特別難過，要他們好好慶祝。

阿敬知道我們考完後，假日特別去買一些肉和菜材料，要在我的宿舍下廚。當然，我並沒有嚐過阿敬的手藝，看在他拍胸補掛保證的份上，凱子才沒去廟裡求神拜拜。

我也有問翊妘是否有考好，她只是用不大確定的語氣說應該可以。如果是翊妘的話，那應該就可以放心了。

我邀她一起到宿舍一塊來嚐嚐阿敬的菜，她開心的和我說好。

當天，我們一群人懶散的坐在客廳沙發上看電視聊天，廚房只有阿敬一個人洗著菜。

「怎不見你女友？」我頭靠過去霸主，低聲問道。

「她有事情，無法抽空。」霸主嘆一口氣，無奈的回答。

「我們應該也要去幫忙吧？」翊妘有點不放心的頻頻往廚房的方向看，擔心問道。

「OK的啦！是他說要親自下廚！不要幫倒忙就好。」凱子整個身體陷進沙發內，還翹著二郎腿抖來抖去。

「啪」的一聲，清脆響亮，凱子的大腿被他傳說中的女友狠狠巴下去，凱子馬上正襟危坐，絲毫不敢有剛那副吊兒啷噹的態度，看來他真的很怕他女友。

「跟女孩子講話不能這樣。」傳說中的女友神色相當自然的說著。

「小米說得是。」凱子狂點頭。

呃，小姐，妳這樣教他好像是叫他怎麼正確搭訕女生耶！難道妳不擔心他嗎？雖然你們之間的關係真的是怪到極致。

「我們一起去幫忙吧。」小米輕拉著翊妘的手，兩人就走進廚房裡。

望著她們背影，還是女孩子比較體貼細心。相較下，我望向那兩隻畜生，搖搖頭，我也去幫忙好了，免得讓女生們把我跟他們歸為同一類。站起身正要準備去時，凱子從沙發爬起來，手搭著我的肩。

「你要去哪啊？」

「你在說廢話喔？當然是去幫忙啊！」翻翻白眼，我說。

「不用去啦！等著吃就好了。對了……」他突然將我壓低身子，靠得很近，音量也隨即變小，「你有……那個那個嗎？」

望著他曖昧的表情，我困惑的思忖半晌，還是不知道他指的「那個那個」是什麼。

「就是寫真集啦！受不了，還要我明講。」他大大嘆一口氣，好似這件事情是天底下的大事。

原本以為他已經成長了，結果他還是一樣畜生。

「我怎麼可能會有。」

「蛤？你沒有喔！煩欸，小米把我珍藏的都丟掉了，這樣又要害我重新買一本了。」凱子吼了一聲，一副痛苦的模樣。

我打定主意不要理他，繞過他，換霸主擋在我面前。

「怎樣？又換你想要寫真集嗎？我很久沒買了，先跟你說。」我沒好氣的說。

霸主像是猶豫似的，又探頭望著廚房的方向，又回頭看我，看的我一臉莫名其妙。他拉著我去他房間，我被他拉著一頭霧水，等到他確定外頭沒人偷聽後，他才悄悄關門。

「幹嘛偷偷摸摸的？」我疑惑的望著霸主的屁股，有股衝動想直接踹下去。

他轉過頭，緊張的問：「你怎麼帶她來這啊？」

「朋友之間哪有什麼行不行！怎麼？」

「她不是跟你告白過？你不會覺得尷尬喔！」

我思忖半晌，才緩緩回答：「但我也跟你說過當時她出面制止那三個人打我吧？也為了我說話，如果因為告白而失去這個朋友，我會覺得感到相當不值得。」

「她知道你和聯誼妹的事嗎？」

我聳聳肩，表示不知道她知不知曉這件事。想起那個令我又愛又恨的女孩，我的眼神不由得黯淡些。

郁雯應該也在準備要考科大吧，希望她能知道她要的是什麼，不要不斷作賤自己。有時我真的想不透為什麼她會把人際關係搞得如此複雜，我甚至不知道我是她第幾任男友，只知道我不喜歡與別的男人共享一名女孩。她明明可以多多愛惜自己的。

雖然心裡不斷吶喊，但我們已經漸行漸遠了，我不是她的男朋友。自從她將我逐出她的生活圈後，我已經沒有資格去管她的任何的所做所為，偷偷去看她也擔心被她瞧見，只是想單純關心一下她，內心卻存在著徬徨膽怯。這已經變成是一種習慣性。

拚命說服自己不需要感情，卻還是時時渴望被滋潤，有時候突然想開，過沒多久，又被憂鬱給掩埋，不斷重複著內心的矛盾。

霸主盯著我，搖搖頭。我不知道他搖頭的意思是怪我沒跟翊妘說清楚，還是因為我還陷入泥沼內還沒踏出來。

「那我問你，你有看校刊嗎？」

「沒有啊，難道你有寫什麼刻骨銘心的大作還是畫畫？拍謝欸，校刊我沒買，加上我也沒什麼興趣，還是你有買？」

「我沒買，慢點我再跟朋友借，到時候放在你房間，你就知道我在說什麼了。」

我困惑的望著他，只不過是一本小小校刊，搞得我以為發生什麼大事，但是他的表情又很嚴肅，不像在開玩笑。

「校刊裡面有什麼？」

「林翊妘寫了一篇文章，是寫給你的。」他很冷靜的說。

寫給我？我有些受寵若驚，回憶起前幾天翊妘還問我有沒有看校刊，原來是她有寫東西給我啊。但是有什麼東西需要寫給我啊？這麼神秘，想必一定是不可告人的秘密。

「寫關於什麼的？」我的好奇心被開啟。

「我不太會說內容，反正到時候我再給你看。」霸主對著我聳肩，打開門走出去。

自從霸主跟我講了這件事後，我去廚房開始變得漫不經心，洗菜洗到最後還會忘記水在流，盯著眼前發呆，不然就是切菜的時候，拿著菜刀卻沒在切菜，好幾次差點切到手指。

過沒多久，我就被廚房內的三人狠狠轟出去。

我果然還是在意。

走去客廳，發現凱子依舊賴在沙發上，霸主在桌上開始擺碗盤，我過去幫忙霸主拿湯匙筷子。等到都擺好，阿敬端著兩盤炒牛肉青菜出來，香味四溢，令人食指大動，而翊妘也小心翼翼拿著一鍋湯，我立即伸手去攙扶，整桌有四、五道菜，外觀還算挺誘人的。

我的肚子不斷唱著空城計，阿敬真不是蓋的，我小看他了，沒想到他竟然有這番好手藝。我把阿敬先前買的啤酒和飲料放在桌上，大家開始品嚐佳餚。

「好好吃喔！」翊妘雙眼瞇成美麗的圓弧型，露出幸福的笑容。

「嘖，沒想到你還留有這一手。」凱子邊吃邊說，嘴裡不斷塞東西。

「不要小看我，我可是有去飯店當過學徒喔，簡單的菜我還煮得出來。」阿敬自豪的挺起胸膛，嘴角高到都可以吊書袋了。「想當初我可是求師傅求好久……」

「感謝大師啊！」立即打斷他的話，我拿起筷子，邊夾菜送進嘴裡邊喝酒，敷衍的說。都快餓死了，誰有閒工夫繼續聽長篇大論？

當大家酒酣耳熱之際，桌上的食物也被迅速掃光。當湯鍋見底時，我們每個人的肚子都脹脹大一輪，女生將碗盤拿去洗碗槽洗，而男生開始收拾善後。唯獨凱子就像隻吸血寄生蟲，只是吸血對象是一張沙發，除了去上洗手間和搶著夾菜，我沒看過他的屁股離開過。

整理完後，我去陽台外吹風，翊妘跟著我也一起吹風。我將身上的外套披在她身上，逕自望著遠方發呆。

「謝謝你今天的招待。」她與我肩並著肩，悄悄的說一聲。

「嚴格來講這餐不算是我招待，而是阿敬一手包辦，妳可能要謝謝他才是。」

「我會的，不過還是要謝謝你邀我。」

「不會，吃得開心就好。」

我盯著對面的馬路，每輛車子以不一樣的速度進行著，路燈的照耀下，顯得稍縱即逝，而我雖然望著同一處，但是心裡卻被好奇心滿滿填塞著，有幾次看著翊妘吃東西滿足的模樣，就有衝動想問他校刊上到底寫了什麼。

停頓幾秒鐘，我終究還是敵不過內心的驅使，我轉過頭看著她，開了口：「對了，妳問我校刊的事情，妳不是有投稿嗎？妳寫關於什麼的作品？」

翊妘怔愣一會兒，嘴角才扯動一下：「你畫的塗鴉很有趣喔，當初你送我的畫我放在家保存得很好呢！」

牛頭不對馬嘴的回答，讓我深深感到疑惑，但看著她不想多琢磨在這話題上，我很識相的閉嘴。

接下來的沉默可能是我有史以來最尷尬、最不自然的一次，她不再說話，我也沒有找話題聊，彼此就站在陽台上看著不斷流動的車流。霓虹燈閃耀非常美麗，但氣氛非常僵固，除了彼此的呼吸聲，風聲呼嘯的嗡嗡聲也吹不散這怪異的氛圍。

猶豫著是否該進屋躲避一下，她卻緩緩開口了。

為什麼明明
我就在你身邊，
你卻不知道
我喜歡你？

「你那麼想知道內容嗎？」她沉靜的外表讓我猜不透她此刻的想法。

腦海中又浮現霸主方才的說詞，我點點頭。

「我突然有點後悔寫出那些文字了，在將稿子交給阿鴻老師前，我還抱有不大確定的感覺，一度想要收回去，但又想讓那個人知道，反覆思考，最後我還是交出去了。」她頓了一下，表情浮現出落寞，「但我這麼做的意義到底在哪，我根本不曉得，明明知道他眼中看的是另一位女孩，還是不斷窮努力。直到現在，我都會捫心自問是不是不夠積極，才讓機會從我手中流逝，但現在說這些會不會太晚了呢？」

雖然曉得她指的「他」是在說我，但我還是默然的當個旁觀第三者，假裝這一切與我無關，因為我不知道再聽到這些類似告白的話該要如何反應。

我無法笑著對她說聲加油，也無法安慰她似的跟她說想開一點，自己是當事人，說什麼都好像是不對的。

我沒辦法用我的想法對她表達我的憐惜，我了解她是不想被人同情，卻又渴望被我認同。

有時候說出的話，就像潑出去的水一樣，很難再收回。

而我不想讓卑鄙的話從我口中說出，來傷害眼前的她。

我以為她說這些話的同時，她會默默流下淚水，但望著她，她的表情只有孤寂。

「我知道你懂，所以不會多說什麼，但我還是想讓你知道，生命中，除了我愛的家人外，你是我心目中一直都在乎的人。」

雖然一直都知道她的心意，但此時此刻聽到這樣的話，心還是不由得開始怦然心跳。她文靜的外表下有著直來直往的性格，如此大剌剌的直話，使得我內心猶豫起來。

不行，我不能這樣。

我不能因為變成單身的這段空白中，接受翊妘的一片心意，這樣我根本是在傷害她，只是把她拿來填補缺口的空白。我做不到，我不能這樣自私妄為。

翊妘的條件不差，氣質也很出眾，相較起來是我倒貼她，這樣的她會喜歡上我，除了男人優越感的膨脹，還有著說不出口的……喜悅。

當和郁雯交往同時，她也對我表達有情，這樣的關係能不感到幸福嗎？

或許是我太過幸福，導致老天爺懲罰，把我從天堂貶入地獄，讓我第一次體會到被人如此不在乎是從何感受，第一次被人狠狠戴上綠帽，是多麼難堪。

我像往常般不回應這種告白式對話，並不是過於自傲還是過度膨脹，而是腦筋只有一片空白，想扯出一句話都是難上加難。我有好幾度認為自己是太過害羞，以至於不會有臨場反應。

我對著翊妘傻裡傻氣的笑笑，就轉身走進屋內。

我只能不斷假裝自己是個傻子，才能強迫自己忽略妳眼中的哀傷。

43

那年，我們曾像個玩瘋了孩子般，不斷往操場的球場衝去，與隔壁班的人搶球場，搶不贏就各自派三人打三對三鬥牛決勝負。那時候的我們，毫無心機，擁有著赤子之心，沒有任何煩惱。

上課的時候，總會互相傳紙條，告訴誰誰誰今天又放了個臭屁，誰誰誰今天營養午餐又偷偷倒掉，隔壁班的誰誰誰跟誰告白。我們之間總是無話不談，一起談笑，一起打屁，也常常對班導惡作劇：在講台的抽屜內放一隻假蟑螂，或者是故意將全部的粉筆浸水。

我們在一起，很少有無意義的爭執。

當年的我們，如今都升上高中，高中三年一轉眼就飛逝，令人手足無措。

算不上都成熟，但至少我們懂得面對未來。

凱子的大學在南部，而霸主的大學在台北，一南一北，我懷疑他們是不是有串通好，說好畢業後彼此不連絡，才搞這種小飛機。

而我的學校在彰化，在中部，一中一北一南，把全台灣主要每一處都占據了，這個緣分不是每個人都可以擁有的。

這也意味著，我們將有很長一段時間不能見面。我不知道他們的想法是什麼，但是我知道我會很捨不得他們，至少這段孽緣我是不想放手。

他們曾說，就算在大學，還是可以抽空回台中見面吃頓飯。但我覺得，原本一直都生活在一起，突然三人就這樣硬生生被拆散在北中南三地，久久才能見一次面，感覺很悲傷。

當然，望著他們欠打的賭爛嘴臉，我告訴自己絕對不能露出讓他們可以恥笑的表情，就連內心有任何的捨不得都要隱藏好。

霸主有替我去打聽郁雯的消息，聽說她考的分數不好，可能只能落到倒數幾名的學校，她似乎也不在意，每天都在班上嘻嘻哈哈。聽到這消息，我並沒有感到特別開心，也沒有為她感到惋惜，畢竟我無法操控她的人生，這是她自己所選擇的，我並沒有干涉的權利。

只是單純想知道她過得好不好。

失落的悲傷情緒真的漸漸被時間沖淡，我不再為郁雯的行為感到難過，而是真心祝福她找的屬於她的歸宿，也不再時常去偷偷觀望她的生活，因為後來我覺得這樣的我有點病態。

至少我是想開了，我想。

漫長的暑假來臨，告訴我也是分離的季節，我不敢有任何情緒，深怕被他們發現我的難過，畢竟當朋友六年了，從懵懂無知又白目的國中生到還是一樣白目但還算正常的高中生，這是很深的緣分，很深很深的那種。

我們利用這個暑假，去台灣各地玩，也有騎車環島，像是珍惜這段為數不多的日子；等到暑假結束，每個人都要為自己的理想努力。就算彼此都不談起，我知道他們也想努力去珍藏屬於我們之間的回憶。

朋友的羈絆真的很深。

翊妘曾打電話跟我說，她考上的學校在台北。我跟她說，可以跟霸主結伴一起。她僅是嘟囔著說不要，只說會很想我。

「你會很想很想很想我嗎？」感覺到翊妘此刻淺淺微笑。

「我會很想很想很想妳的。」我學著她的口氣說。

「如果這句話是騙人的，我聽了還是很開心。」

「我是說真的。」

「真的？」

「真的。」我篤定的回應。

「你還會繼續跟我聯絡吧？現在網路和手機那麼方便，不要跟我說你要進深山修練，手機網路都不能用就好。」她揶揄道。

「喔，原本我沒有要考慮進深山，既然妳都提出來了，我也只能去了。」

「笨蛋徹。」她開懷的大笑。

有時候，晚上無聊就撥通電話給翊妘，說著天馬行空的屁話，不管笑點高低，她依舊很給力的狂笑，我喜歡她這樣的笑聲，很純真，很單純，很真心，也很沒氣質。

那本校刊，就靜靜躺在我的枕頭下，我喜歡睡前再複習一遍，感受翊妘的文字心情，享受著它帶給我的感覺。

給那位徹頭徹尾都是笨蛋的傢伙：

你知道嗎？有時候我在想，是不是你根本是眼溝有屎，才會看不到我的存在，看不到我對你的感情。原諒我的措詞有點強烈，但是每當你眼中望著那個她，我的心就像被利劍狠狠的刺穿，你不懂我的心在淌血，你也不會看到，因為你眼中只有她。

我知道你很愛那名可愛的女孩，但我卻害怕她傷害了你，因為總是有聽到風聲，那女孩的花名冊總是滿滿的，但我不能因為嫉妒、羨慕她，而破壞她在你心目中完美的形象。至少，就這樣讓我遠遠望著你，漸漸的，我也會默默為你祝福。

當初你跟我說手溫的理論，我在內心裡渴望，我倆握著彼此的手，是永遠暖活和熱情的。如果寒冬使你的雙手冰冷，我願意伸出我的雙手給你所需的溫暖；如果炎夏使你的雙手燥熱，我願意伸出我的雙手為你降溫。

但這一切只能是個夢。

我知道你有了她，就不能再接受我的感情，明明我是知道的，但是還是情不自禁的望著你，想著你此刻的心情，是開心還是不開心，我的情緒都是因你而有所轉變。

有段期間，我常看到她送一包東西給你，那個味道很重，我遠遠就聞到，原來是杏仁味。望著她離開後，你馬上把餅乾交給你的朋友，我頓時明白，你討厭杏仁。至少每次她來你的班級，你每次都趁她離開後就塞給你朋友。

我不知道該為此感到開心還是不開心，因為你沒吃她做的手工餅乾，也因為她根本不懂你的喜好，總而言之，我的喜悅大過惋惜。

和你當朋友的感覺，很開心，也很知足，我不敢再妄想進一步的關係，原本只想擁有現在的你，但我卻一再破壞我們之間友誼的橋樑，我只是想讓你知道我有多喜歡你。

其實我真的該跟你好好道歉，每次我都讓你感到為難，至少每次我的告白你都只能沉默的看著我，或許你只是不想讓我傷心難過罷了，但看著你的回應，我知道我又失敗了。

後來有一陣子，你的神情變得很落寞，變得很寂靜，很想過去問問你，但卻因為那次的告白，你狠狠拒絕我後，告訴我不能再當朋友。當你說著絕情的話，我的心碎了滿地，我恨，恨自己不夠吸引你的目光，恨自己不夠資格讓你愛上我，也恨那個女孩憑什麼擁有你。

我常常故意不經意經過你的班級，也常常去合作社看看你會不會來買東西。如果被你知道，我可能就要被當作變態送警察了。

但我只是想見你。

當初在社團送給你的巧克力，是我花一個禮拜研究的，知道你討厭杏仁後，我還去打聽過，你喜歡巧克力，之後就拚命練習做餅乾，我想證明她能的，我也可以。

有時，我會夢到你出現在我的夢境，夢到你把我抱很緊，在我耳邊廝磨，告訴我你很喜歡我，接著出現了她，怒斥我搶走了你，然後我被她狠狠推了一把，跌進無止盡的黑洞，驚醒。

明明夢到你，讓我幸福得快發瘋，但後來卻出現這不安的夢境，我好希望這是只有你我的天地。

我一直都只看著你，這幾年，我只注視著你，你的一切是這麼美好，我還能愛誰？

如果說，我的愛讓你感到負擔，我願意割捨我的愛，成全你和她。

請你一定要幸福，才不會辜負我狼狽的退出。

未來，說不定，我倆不會再繼續譜出動人的旋律，但我只想告訴你，或許這一切，都只是夢，我真的不想醒，完全不想，遇見你，我不後悔。

我只是想問，你，後悔遇見了我嗎？

如果有，我會微笑的真正放手。
如果沒有，我會真摯祝福你能幸福。

翊妘，妳是用什麼心情寫下這些話呢？又用多少的勇氣這樣赤裸裸坦白這一切呢？

當時我看到這篇文章，第一個反應是驚訝，然後是平靜，再來是不捨，為她的真心感到感動及溫暖。

霸主知道我讀過之後，只是淡淡的說：「這種好女孩往哪裡找？」

的確，只有傻女孩才會不斷追逐我，而翊妘一直看著我，她是位名符其實的笨女孩，笨得夠天真，天真到在校刊上大膽的再一次告白。

但是，我卻越來越覺得這女孩好可愛，可愛到讓我想呵護在懷裡。

回憶起初識她恬靜的模樣，與現在我所認識的她出入很大。她那純真又逗趣的性格，常常逗得我開懷大笑，而她對愛情的態度很勇敢去努力追求，她很清楚自己需要的是什麼，只有我，一味的逃避，讓她不知道傷心多少回。

她總是默默當個聆聽者，聽我訴苦，也願意當個分享者，和我一起聊聊生活趣事，在我需要被安撫時，她會輕唱著流行歌曲，使我的內心漸漸堅強下去，一直支持我的，都是翊妘。

一位有點平凡卻又不平凡的女孩，讓我心湖激盪了陣陣漣漪。

「你愛上她了，對吧？」霸主的話語，依舊在我耳際徘徊。

44

為了不讓自己後悔，我想遍所有辦法，用盡所有腦汁，榨乾所有精力，想要有一個完美又浪漫又可愛又激動的回應告白。

有時候，就是自己想太多，想到最後機會都沒了，就只剩十指娘默默相依偎。凱子拍著我的肩膀，感慨說道。

我一直躲避著現實，不願正視真正的心情，我害怕我與翊妘的關係，只是替代。

到後頭，霸主罵我再不追回她，大學時她就會被一堆男人搶走。

認真想想，也是。她的條件相當優秀，我這個半宅男再不開竅，就會變成像凱子一樣的完整宅男。

是的，我想我真的很在乎她，在乎林翊妘到深深的將她的倩影刻劃在心臟。

我喜歡上那位傻裡傻氣卻又異常勇敢的女孩。

翊妘曾說，我沒有在乎想珍惜的人，所以我找尋不到目標，一開始我認為朋友才是我目前最想珍惜的人。

但現在，我終於明瞭，她指的想珍惜的人，不是單純的朋友，而是想一輩子長相思守的人。

而我此刻知道，我最想珍惜的人，是林翊妘。

為了不使機會溜走，我認真的與霸主、凱子和阿敬討論如何使翊妘傾心的告白。

霸主建議我就直接去她家樓下拿一堆汽球，大大寫上「我愛妳」，但一下子就被我駁回，因為感覺很老式告白。

阿敬則提出直接買鑽戒套在她手裡，我想都不想直接搖頭，老爺子不有錢，連生出一克拉都會負債的地步。雖然實際，但不是求婚。

凱子的辦法我連聽都不想入耳，他那頂思想混亂的腦容量裝滿的是淫穢的想法，所以我忽略他躍躍欲試的表情，面無表情的跳過他。

「欸，你這樣很不夠兄弟！」

「喔，那請大師提出具體且可行的方案。」

「你就把她約出來，就直接告白，如果害羞的話，強吻她就對了！」凱子對我豎起大拇指。

我就說花時間花腦容量花口水去吐槽他是件很不值得的事情。

有時候靠他人還不如靠己，我撥通電話給翊妘，說今晚在老地方公園見面。

「什麼叫老地方公園？」她問。

「我和妳曾經去過的公園只有一座吧？妳想呢？」

「喔，有什麼事情需要去那邊說呀？」

「很神秘很神秘很神祕的秘密。」

「真的嗎？如果我不去會怎麼樣？」

「妳不去我會哭。那個祕密就會變得很悲劇。」我說。

她咯咯笑出聲，像響鈴般一樣清脆好聽。

「鬧你的啦！我八點會到那邊的，不見不散。」

「不見不散。」

等到結束通話後，我舉起左手望著手錶的時間，傍晚六點，距離約定的時間還有兩個小時。我趕緊去附近的花店買花，店外擺滿了五顏六色的鮮花，各式各樣的花使我不禁迷惘。糟糕，該買哪一種？

「先生，買花嗎？」一個長得相當清秀的女店員從店內走出來，笑容可掬的望著我。

「呃，對，我想要送給……」我扭捏的抓抓頭髮。

「女朋友嗎？」

「不是，是待會打算要告白的。」

「啊？真的嗎？那待會祝你能夠告白成功囉！」她掩嘴笑，看得我好尷尬害羞。

她走進店內，捧著一朵朵紅色的鬱金香，就遞到我手上。

「呃，有沒有白色的？」

「不好吧，你不是要準備告白用的嗎？」

「對啊，難不成有什麼問題？」

「白色的鬱金香，花語是『失戀中』。」她的笑容有點尷尬。

我無語了。豈止有問題，而且還是很大的問題。

「如果你想要白色的花……」那女店員又走進店內，捧出一束百合，「這總共有三十六朵，代表『我的心只屬於妳』，她應該收到會很開心。」

我立即道謝付錢，又買了幾盒巧克力，我想這樣做應該就足夠了吧，我想。

為什麼明明
我就在你身邊，
你卻不知道
我喜歡你？

他們問我今晚就決定告白會不會太快？

我不想再多等一天，可以的話，我想馬上就讓翊妘知道我的心意，但彼此羈絆了近三年，我怕她覺得我不夠有誠意，所以沒有直接在電話裡告訴她，而是想約在當初她向我告白的公園。

等到我到了目的地，時間才到七點半。心臟劇烈的跳動，我緊張的將花和巧克力藏在草叢內，時間一分一秒過去，沒想到這三十分鐘如此難熬。

不斷的等待著，等待著熟悉的人出現，坐在當初翊妘坐的位置，心裡忐忑不安，她會不會真的不來？不會吧，她不可能放我鴿子的，但是要是真的放我鴿子，我該怎麼辦？不會那麼碰巧吧！

盯著手錶上的指針，規律性的緩慢移動，上面顯示著：八點三十分。

猶豫著是否該打手機問一下時，遠處出現小小的黑點，快速的靠近，那個人喘著息，往我的方向奔跑著，直至我的面前。我站起身，她的胸膛不斷起伏，滴著些許汗水，她臉上的妝容有些糊掉。

她身上穿的是一襲鵝黃色洋裝，穿著平底鞋，頭髮盤到後腦勺，氣質出眾，如同出水芙蓉般的美麗。

我輕拍她的背部，另一隻手從口袋內拿出衛生紙替她擦汗，她首先是愣住半晌，才低頭接過我的衛生紙擦著臉上的汗水，默默說聲謝謝。

等到她呼吸平穩些，她才扯著嘴角帶有歉意對我笑說：「對不起，我遲到了。」

「沒關係，慢慢來，不用急。」

「我遲到多久了？」她急忙的問。

「妳沒遲到，我才剛到而已。」

她斜眼看著我，摸著我剛做的長椅，沒好氣的說：「剛到的話，這位置怎麼會那麼熱？」

「火燒屁股啊！怕妳等我太久，會不耐煩。」

「對不起。」她沒由來的突然道歉。

「為什麼要說對不起？」

「讓你等那麼久。」

我無奈望著她，都說我剛到了，她還耿耿於懷。

我將她的額前的瀏海撥至後頭，緩緩的，將嘴唇如蜻蜓點水般碰觸下去。我不知道此刻我做這樣的行為是否對或錯，我只知道我只想遵循我內心的渴望。

翊妘錯愕的看著我，手蓋著額頭，一臉難以置信的表情。

「你……你會不會吃錯藥了啊？」她講話有些結結巴巴。

「沒有啊，我很正常的，晚餐還沒吃，哪敢先吃藥。」

「現在都快九點了，你還沒吃？」她瞪大雙眼地質問我，像是忘記方才我對她所做的行為。

「有心事，吃不下。」

「心事？需要跟我談談嗎？」她的眼神頓時溫柔許多。

「非常非常需要妳的幫忙。」

她困惑的看著我。

我將她的手輕輕放置在我的左心房，緩緩說：「感受到了嗎？它的跳動。」

她皺了皺眉頭，帶有著不確定的語氣，說：「嗯，感覺它跳很快，是心律不整嗎？原來這就是你的心事，需要我陪你去看醫生嗎？」

為什麼偏偏妳在此時神經會如此大條？

我壓抑想馬上昏倒的衝動，拉著她的手臂，將她拉進我懷裡，用力的抱緊。

「怎……怎麼了？」她慌亂的想推開我，我反而加重力道。

「這就是我此刻的心情！」我低吼著。

聞言，她停止掙扎。

我還是緊緊的抱著她，生怕從我的身邊溜走。

翊妘，妳知道嗎？現在抱著妳，感受著妳的體溫和香味，既是如此陌生又熟悉，雖然我表面上裝作很冷靜，但是當抱著妳的時候，我幸福得都快要發瘋了。

我終於可以理所當然得靠近妳、抱緊妳，我終於可以放開心胸真正去喜歡妳。

一直以來，妳總是默默在我身邊付出，在我身邊看著我。而我一直以來，都沒發現過妳的好，只當作是理所當然，妳是我的朋友，一直都是。不知不覺，在我的內心妳已悄悄住進去，而我還徬徨在感情路上，不斷傷害著妳。

對不起，還有，謝謝妳，一直願意愛著我。

「今天是愚人節嗎？」她的臉埋進我懷裡，淡淡的問。

「現在是暑假，哪裡來的愚人節。」

「還是你跟你朋友在玩真心話大冒險？」

「我在跟我自己玩真心話。」

「真的嗎？」

「真的。」

「其實我覺得今天的你有點反常。」

「我正常得很。」

「你東西不藏好，我都看見你在草叢底下有放東西。」

「……」

我困窘的鬆手，翊妘反而伸手抱住我。

「不要放開我，好嗎？」

「好。」我重新將雙手環住她。

「我現在好像在夢境，作著我一直都不敢妄想的夢。」她磨蹭我的胸膛，我看不見她的表情。「如果這是夢，可不可以不要讓我醒來？」

「這是真實的，我確確實實的感受。」我輕撫她的頭頂。接著，我捧著她的清秀的面容，緩緩靠近，不再只是親著額頭，而是吻著她飽滿的唇瓣。

拿起放在一旁的巧克力和襯出她美麗的氣質花朵，望著她泛紅的眼眶，我的嘴角漸漸上揚。

「翊妘，對不起，一直讓妳難過，也謝謝妳，包容我的任性。還有，我想對妳說，我好喜歡妳。」

45

升上大學，每個人有著自己的目標，擁有自己的夢想，我不再迷惑。

我考上財經系所的財經系，雖然每天被一堆理論和數字搞的昏頭轉向，但我開始懂得利用時間看看書，也懂得去訓練自己的交際能力。畢竟已經長大了，不能再窩在自己的世界走不出去，我開始主動和人攀談，主動找人出遊，也交到一群不錯的朋友。

凱子跟我一樣是財經系的，聽說他跟小米發生了一些事，現在的他幾乎不再去泡美眉，也不再去聯誼，他把全部的心力都放在小米身上。想想這也是正常的事，他們之前的關係才叫不正常。

霸主雖然在台北讀書，但他總會時常抽空找我，他總像個老人家不斷懷念以前我們膩在一起的日子。我想他似乎還沒適應台北的生活，所以老跟我說以前有多美好。

而阿敬升上高二，課業已經是全年級第一名，我不懂以我認識他的程度為什麼可以突然變黑馬，我還一度懷疑他是不是有找考試打手。

雖然翊妘身在台北，而我在彰化念書，距離相當遙遠，但我對現狀感到滿足，我不再小家子氣愛賴在另一半的身邊，喜歡每天與翊妘通電話的幸福滋味，每個禮拜都會抽空見面。

為此，我感到相當踏實滿足。

雖然朋友們不能常常見面，但是，我相信，就算距離再遠，也不會使我們之間的友誼變質。

「妳當初為什麼遲到啊？」

有一天，我和翊妘坐在老地方公園，我無聊問起那天告白的情形。

「你還說我沒遲到，你看吧你看吧！自打嘴巴。」她嘟嚷著，指著我的鼻頭。

「好奇嘛！」我拉著她的手，讓她坐在我的大腿上，撒嬌著。

她瞪了我一眼，頭才緩緩靠在我胸膛。

「想著要跟你見面，很緊張，就臨時做了巧克力餅乾，想說做給你吃，結果等做好，才發覺時間超過了，所以……」她靦腆地微笑。

「我知道妳很緊張，非常非常緊張的那種。」我忍著笑意。

「你怎麼知道？我表現很明顯嗎？」她很驚訝的問。

「因為妳做的不是巧克力，是草莓餅乾。」我終於哈哈大笑，「當時還有人妝都糊掉了。」

「真的假的？那時候的我一定很醜，被你看到好丟臉喔！」她雙手摀著臉，不斷搖頭。

「我的確是被嚇到，不過，那樣的妳，還是依舊美麗動人。」翊妘用拳頭輕打著我的胸膛，耳根子紅的如熟透的蝦子。

我輕輕執起她纖細的手，慢慢放在臉上婆娑。

「想起當初我跟妳說過的理論嗎？」

她點點頭，好奇的望著我。

「妳的手，能溫暖我的心裡，激起我內心的陣陣漣漪，握著妳的手，我感覺自己是全世界上最幸福的男人。」我溫柔的望著她美麗的瞳孔。「以前的我，很不成熟，也不懂得愛人，以為只要盡力付出，就是愛情，等到我從挫敗中爬起，才知道自己根本不懂愛。」

我騰出另一隻手輕撫翊妘的秀髮，她的嘴角勾勒出完美的線條。陽光的照耀下，她就像是我生命中既完美又可愛的天使，我所專屬的寶貝。

「愛上妳的感覺，真好。」
彼此不再言語，我緊抱著她，親吻那熟悉又令人窒息的美好。
秋天近了，但我們的愛情故事，才如盛夏般的熱戀，正要開始。

爲什麼明明
我就在你身邊，
你卻不知道
我喜歡你？

要青春03　PG0910

要有光
FIAT LUX

為什麼明明我就在你身邊，你卻不知道我喜歡你？

作　　者	花　妍
責任編輯	林泰宏
圖文排版	陳姿廷
封面設計	陳佩蓉

出版策劃	要有光
製作發行	秀威資訊科技股份有限公司 114 台北市內湖區瑞光路76巷65號1樓 電話：+886-2-2796-3638　傳真：+886-2-2796-1377 服務信箱：service@showwe.com.tw http://www.showwe.com.tw
郵政劃撥	19563868　戶名：秀威資訊科技股份有限公司
展售門市	國家書店【松江門市】 104 台北市中山區松江路209號1樓 電話：+886-2-2518-0207　傳真：+886-2-2518-0778
網路訂購	秀威網路書店：http://www.bodbooks.com.tw 國家網路書店：http://www.govbooks.com.tw
法律顧問	毛國樑　律師
總 經 銷	易可數位行銷股份有限公司 地址：新北市新店區中正路542之3號4樓 電話：+886-2-8219-1500　傳真：+886-2-8219-3383 e-mail：book-info@ecorebooks.com 易可部落格：http://ecorebooks.pixnet.net/blog

出版日期	2013年5月　BOD一版
定　　價	200元

Printed in Taiwan

國家圖書館出版品預行編目

為什麼明明我就在你身邊, 你卻不知道我喜歡你? / 花妍著. --一版. -- 臺北市 : 要有光, 2013. 05

面； 公分 -- (要青春 ; PG0910)

BOD版

ISBN 978-986-89128-2-3 (平裝)

857.7 102002148

讀者回函卡

感謝您購買本書，為提升服務品質，請填妥以下資料，將讀者回函卡直接寄回或傳真本公司，收到您的寶貴意見後，我們會收藏記錄及檢討，謝謝！
如您需要了解本公司最新出版書目、購書優惠或企劃活動，歡迎您上網查詢或下載相關資料：http:// www.showwe.com.tw

您購買的書名：________________________________

出生日期：________年________月________日

學歷：□高中（含）以下　□大專　□研究所（含）以上

職業：□製造業　□金融業　□資訊業　□軍警　□傳播業　□自由業
　　　□服務業　□公務員　□教職　□學生　□家管　□其它____

購書地點：□網路書店　□實體書店　□書展　□郵購　□贈閱　□其他

您從何得知本書的消息？

□網路書店　□實體書店　□網路搜尋　□電子報　□書訊　□雜誌
□傳播媒體　□親友推薦　□網站推薦　□部落格　□其他________

您對本書的評價：（請填代號　1.非常滿意　2.滿意　3.尚可　4.再改進）

封面設計____　版面編排____　內容____　文／譯筆____　價格____

讀完書後您覺得：

□很有收穫　□有收穫　□收穫不多　□沒收穫

對我們的建議：________________________________

____

____

____

請貼
郵票

11466
台北市內湖區瑞光路 76 巷 65 號 1 樓
秀威資訊科技股份有限公司 收
BOD 數位出版事業部

（請沿線對折寄回，謝謝！）

姓　名：＿＿＿＿＿＿＿＿　年齡：＿＿＿＿　性別：□女　□男

郵遞區號：□□□□□

地　址：＿＿＿＿＿＿＿＿＿＿＿＿＿＿＿＿

聯絡電話：(日)＿＿＿＿＿＿＿＿　(夜)＿＿＿＿＿＿＿＿

E-mail：＿＿＿＿＿＿＿＿＿＿＿＿＿＿＿＿